Überwachungsstaat Österreich ?

Stefan M. Gergely

Überwachungsstaat Österreich ?

Der Mensch im Würgegriff des Computers

Dieses Buch entstand
unter Mitarbeit von
Alois M. Göschl

Ein trend-profil-Buch
bei Orac

ISBN 3-85368-979-5

Schutzumschlag: Ernst Pavlovic
Technik: Imprima W. Menches
Gesamtherstellung: Salzer - Ueberreuter, Wien

Inhalt

Die Macht des Computers und die Ohnmacht des Individuums

Gerda Müller, 25 Jahre alt und unbescholten, bewarb sich um den Posten einer Hausbesorgerin bei der Gemeinde Wien. Darauf wurde sie befragt: Wie oft gehen Sie mit Ihrem Lebensgefährten ins Bett? Wie oft im Monat machen Sie Sex? Wie ist Ihr Stuhlgang? Wie war Ihr Stuhlgang als Kind?
Der Amtsführende Stadtrat Ing. Fritz Hofmann, für die Verwaltung städtischer Wohnhäuser zuständig, kommentiert die intime Befragung lapidar: Hausbesorger seien nicht nur für die Reinigung des Stiegenhauses zuständig, sondern auch eine Art Respektperson im Haus. Deshalb habe man einen psychologischen Test eingeführt, um »Persönlichkeitsdimensionen« wie »Familienhintergrund«, die »soziale Aktivität« und die »Streßanfälligkeit« erfassen zu können.
Frau Müller weigerte sich, auf die delikaten Fragen einzugehen. Ihre Bewerbung wurde abgewiesen (Lit. 1).
Wolfgang Huber und 142 weitere Bewohner des oberösterreichischen Steyregg unterschrieben anläßlich der letzten Nationalratswahl Unterstützungserklärungen für die Vereinten Grünen Österreichs. Huber war der Meinung, daß seine politische Einstellung durch das Datenschutzgesetz als vertraulich gesichert sei. Er irrte: die Gemeindebeamten wußten nichts Besseres zu tun, als die Grünen in der Wählerevidenzliste eigens zu kennzeichnen. Merkwürdig: Kurze Zeit später erhielten sie Kreisky-Postkarten mit der Mitteilung, die SPÖ sei doch besser für den Umweltschutz. SP-Funktionäre wandten sich »vertrauensvoll« an die unterschriftswilligen Steyregger, die bei der VOEST arbeiten (Lit. 2).
Der Landesschulrat für Oberösterreich erteilte vor einiger Zeit den Auftrag, alle Sonderschullehrer des Landes hätten die ihnen anvertrauten Schüler »für Zwecke der Psychiatrieplanung« zu beurteilen. Gefragt wurde nach der »Neigung zur Delinquenz« (zum Beispiel Stehlen); die Lehrer sollten angeben, ob der eine oder andere Schüler künftig einer Unterbringung in einem psychiatrischen Krankenhaus bedürfe. Die Umfrage wurde durchgeführt. Erst nach wiederholten Protesten erklärte der Unterrichtsminister, sie sei rechtswidrig (Lit. 3).
Die Wiener Ärztin Dr. Christa Schaf ist seit ihrer Geburt evangelisch. Trotzdem erhielt sie mehrfach per Computerbrief Zahlungsaufforderungen der katholischen Kirchenbeitragsstelle. »Ihre Kirchenbeitragsstelle hat mir vertraulich mitgeteilt«, mahnte darüber hinaus ein Pfarrer in einem

persönlichen Schreiben, »daß Sie, was die Leistung des Kirchenbeitrages betrifft, in Schwierigkeiten geraten sind. Bitte verstehen Sie mich recht: ich möchte mich nicht in Ihre persönlichen Angelegenheiten einmischen«. Frau Dr. Schaf verstand nicht. Sie antwortete, daß sie nicht römisch-katholisch sei und daher nichts an diese Religionsgemeinschaft zu zahlen habe. Einige Zeit später meldete sich die Kirchenbeitragsstelle per Einschreiben mit einer neuerlichen Zahlungsaufforderung. Als die Ärztin protestierte, wurde ihr mitgeteilt, ihre Angabe über das Glaubensbekenntnis stimme nicht mit der Eintragung in der magistratischen Haushaltsliste überein; sie solle binnen 14 Tagen ihren Taufschein zur Einsicht vorzulegen (siehe Seite 82).
Es handelt sich dabei keineswegs um einen Einzelfall. Täglich werden von Firmen, Vereinen und Behörden Tausende von Computerbriefen verschickt; häufig ist den Empfängern unklar, woher die Adressen stammen, nicht selten sind fehlerhafte Daten im Spiel. Zuweilen landen auch korrekte Daten, jedoch am falschen Ort: Auf der Suche nach wilden Champignons auf einer Planie in Wien-Floridsdorf stieß ein Mann auf unzählige »Mikrofiches«, fotoähnliche Kärtchen, die große Datenmengen speichern. Sie entpuppten sich als komplette Namenslisten mit Scheckkonteninhabern der Postsparkasse und von Sparbüchern mit Losungsworten und Guthaben. Wie sich bald herausstellte, handelte es sich um einen »Irrtum«: die PSK-Konten hätten vernichtet werden sollen; der Container mit den Mikrospeichern war jedoch mit einem anderen vertauscht worden (Lit. 4).
Mehrere Kriminalbeamte wurden in den letzten Jahren ertappt, geheime Daten aus dem Polizeicomputer an Detektive verkauft zu haben (siehe Seite 69). Eine SP-nahe Pro-Kirchschläger-Gruppe verschickte an ORF-Mitarbeiter Propagandamaterial – aus den Adreßpickerln war ersichtlich, in welcher Abteilung der betreffende Angestellte arbeitet und in welcher Gehaltsstufe er rangiert. Mit anderen Worten: auf irgendeine Weise waren Daten aus dem ORF-Computer in unbefugte Hände gelangt (Lit. 5).
Erfaßt, registriert und kontrolliert wird auch am Arbeitsplatz. Fritz Maier arbeitet in der Pensionsversicherungsanstalt der Angestellten. Jeden Morgen meldet er sich mittels seiner Magnetkarte beim Großen Bruder, dem Zentralcomputer des Unternehmens, zum Dienstantritt. Auch während der Arbeit wird er überwacht: wenn Herr Maier die zentrale Registratur betreten will, braucht er wieder seine persönliche Karte – »Versuche von Bediensteten, ohne Zutrittsberechtigung in geschützte Zonen zu gelangen«, erläutert eine Betriebsanleitung, »werden an die zentrale Leittechnik gemeldet und müssen begründet werden«. Beim Mittagessen schiebt der Angestellte seine Karte in das in der Kantine aufgestellte Erfassungsgerät;

die »Buchung« seiner Mahlzeit wird durch einen Summton und Aufleuchten der grünen Lampe registriert – Herr Maier weiß, daß der Computer nun automatisch sein Konto belastet. So praktisch der Vorgang ist – ihm ist jedesmal ein wenig unheimlich dabei. Es beunruhigt ihn das Gefühl, überwacht zu werden. Vor allem, seit er von einem Gerücht erfuhr, ein Techniker habe unbefugt seine eigenen Personaldaten aus dem Computer abgerufen und dabei unter anderem den Hinweis »politisch unzuverlässig« gefunden (Lit. 6).

Ähnlich wie Herr Maier fühlen sich zahlreiche Bürger überwacht – in der U-Bahn-Station von einer Kamera, während der Arbeit durch den Computer, oder einfach deshalb, weil sie George Orwell gelesen haben. Dabei spielt es offenbar kaum eine Rolle, ob sie auch tatsächlich überwacht werden. Die bloße Möglichkeit, es könne der Fall sein, genügt.

Die oben erwähnten Beispiele aus dem österreichischen Alltag (die Namen der Personen wurden geändert) haben eines gemeinsam: sie betreffen den Umgang mit Informationen aus der Privatsphäre von Bürgern. Manche dieser Datenmanipulationen sind illegal und wurden bereits abgestellt bzw. haben zu gerichtlichen Nachspielen geführt. Ich bin jedoch sicher, daß auch in Zukunft immer wieder derartige Mißstände aufgedeckt werden. Sicherlich: Betrachtet man die gewaltige Menge an Daten, die Tag für Tag gespeichert, verarbeitet und übermittelt werden, geht es wohl in der überwiegenden Zahl der Fälle mit rechten Dingen zu. Kaum weniger zweifelhaft ist aber, daß die Datenmißbräuche, die an die Öffentlichkeit gelangen, trotzdem nur die Spitze eines Eisbergs darstellen.

Der Computer eröffnet neue Dimensionen . . .

Jeder von uns wird registriert, kontrolliert, überwacht – Tag und Nacht, von der Geburt bis zum Tode. Das ist im Prinzip kein neues Phänomen. Auch unter Kaiser Franz Joseph und Adolf Hitler war Schnüffeln in der Privatsphäre an der Tagesordnung. Der Einzug der Computertechnik in fast alle Bereiche von Verwaltung, Wirtschaft und Gesellschaft revolutioniert allerdings den Umgang mit Information, er schafft neue Chancen und Gefahren. Zum einen macht die elektronische Datenverarbeitung das Speichern, Verarbeiten und Übermitteln von Information auch im großen Maßstab beinahe primitiv einfach. Der Computer fordert diejenigen, die über ihn verfügen, geradezu heraus, immer mehr und noch mehr Dossiers anzulegen.

Zum anderen macht die moderne elektronische Rechentechnik Datenma-

nipulationen möglich, die bisher kaum durchführbar waren, beispielsweise das Verknüpfen riesiger Datenmengen zwecks Erstellung von Persönlichkeitsprofilen (siehe Seite 37).
Und schließlich: Elektronen hinterlassen im allgemeinen keine Spuren. Wenn ein EDV-Techniker heimlich ein Magnetband mit Millionen von Daten kopiert, fällt das niemandem auf (dem Computer am allerwenigsten). Findige Computerexperten können so gut wie jede Sicherung eines Rechners – und sei sie noch so aufwendig – umgehen. Mit anderen Worten: die Einhaltung des Datenschutzgesetzes auf der Ebene der EDV-Technik oder vieler Datensicherungsmaßnahmen kann mit vertretbarem Aufwand nicht kontrolliert werden. Kein Wunder, daß Computerkriminalität nach Ansicht der Experten als die Verbrechenskategorie mit der höchsten Dunkelziffer gewertet wird.
Damit ist das Thema dieses Buches abgesteckt: es geht im folgenden um personenbezogene Daten, vorwiegend um solche aus dem Privat- und Familienleben der Österreicher sowie um den Versuch, den Umgang mit diesen Daten durch ein Gesetz zu regeln. Davon sind in erster Linie die Daten betroffen, die automationsunterstützt, das heißt per Computer, verarbeitet werden – immerhin gibt es in Österreich zur Zeit mehr als 50.000 Computerspeicher mit personenbezogenen Daten; manche von ihnen enthalten viele Millionen Einzelangaben. In der Folge wird der Einfluß des Computers auf das Verhältnis zwischen dem Einzelmenschen und den Verwaltern der unübersehbar zahlreichen Computerdossiers diskutiert.
Um keine Mißverständnisse entstehen zu lassen: Ich habe keine Angst vor dem Computer; ich sehe in ihm vielmehr ein in mancher Hinsicht ungemein nützliches Werkzeug (um die Vorteile der Computertechnik geht es in diesem Buch nicht in erster Linie – sie werden in Dutzenden von Jubelschriften ohnehin breit genug dargestellt). Für bedrohlich halte ich allerdings zahlreiche Einflüsse, die die moderne Informationstechnik auf Gesellschaft und Individuum hat und in Zukunft in immer stärkerem Ausmaß haben wird: Das unaufhaltsame Vordringen der elektronischen Datenverarbeitung – in der öffentlichen Verwaltung wie in der privaten Wirtschaft – ändert nicht nur Organisationsstrukturen, Arbeitsverhältnisse und die Wechselbeziehungen zwischen Menschen sowie zwischen Mensch und Maschine, sondern hat auch – und darum geht es in diesem Buch – eine tiefgreifende Umverteilung der Informationsmacht zur Folge. Der Mensch, gleichsam im Würgegriff des Computers, wird damit Schritt für Schritt seiner Privatsphäre beraubt: das persönliche Umfeld jedes Einzelnen wird in immer zahlreicheren Details mit Bits und Bytes vermessen, durchsichtig gemacht, kontrollierbar, beherrschbar.

Noch stehen wir unter dem Eindruck des Orwell-Jahres 1984. Mag sein, daß viele Menschen der häufig recht oberflächlich geführten Diskussionen darüber schon überdrüssig sind. Allerdings, so meine ich, sollten wir George Orwell, alias Eric Arthur Blair, trotzdem dankbar sein: hätte er seinen Roman etwa »2084« getauft, würden wir heute das Thema »Überwachungsstaat« wahrscheinlich kaum beachten. Aufmerksamkeit verdient es allemal. Viele Aspekte der Auseinandersetzung um die Begriffe »Privatsphäre« und »Überwachung« scheinen aber erst einer kleinen Minderheit präsent zu sein – die Sensibilisierung der Allgemeinheit scheint nach wie vor mäßig zu sein (siehe Seite 20).

Wer sich mit der Geschichte der Ökologiebewegung auseinandersetzt, wird Parallelen erkennen: grob vereinfachend kann man sagen, daß in den fünfziger und noch in den sechziger Jahren ungebrochene Fortschrittsgläubigkeit und weitgehend unkritischer Technik-Optimismus dominierten; vor mehr als zwanzig Jahren aber waren die ersten »Zeichen an der Wand« bereits deutlich zu sehen – die Schattenseiten einer beinahe schrankenlosen Technisierung unserer Zivilisation und die Gefahren der unkontrollierten Ausbeutung der Natur waren schon damals erkennbar und wurden auch in Intellektuellenkreisen diskutiert. Jahre, Jahrzehnte hat es aber gedauert, bis Umweltschutz zum Wahlkampfthema geworden ist.

Wenn die Entwicklung beim Datenschutz (dem Schutz der Informations-Umwelt) ähnlich läuft, dürfen wir »Computerstürmer« und »Datenökologen« frühestens in den neunziger Jahren erwarten; dann aber wird, ähnlich wie heute mit Hinblick auf die materielle Umweltverschmutzung, vieles schon »passiert« sein. Wir müssen deshalb, so behaupte ich, schneller als bisher reagieren. Auch dürfen wir die Kontrolle, beispielsweise des Datenschutzgesetzes, nicht ausschließlich an den Staat oder an eine Behörde delegieren, wir müssen sie selbst in die Hand nehmen. Wenn nach vier Jahren Erfahrung mit dem Datenschutzgesetz in Österreich nur ein paar Dutzend Auskunftsbegehren (siehe Seite 58) an öffentliche Stellen gerichtet wurden, dann ist irgend etwas faul (obwohl mich kaum wundert, wenn das zwecks Datenschutz erarbeitete Gesetzesmonster auch initiative Bürger bis zur Untätigkeit lähmt).

Mag sein, daß wir schon ein wenig zuviel »Soma« getrunken haben, die von Aldous Huxley beschriebene Droge, die uns im satten Wohlstandsschlaf dämmern läßt. Mehrfach schon wurde eine Zusammenschau der Visionen von George Orwell (»1984«) und Aldous Huxley (»Schöne neue Welt«) versucht, und es zeigte sich, daß wir darin ein verblüffend getreues Abbild der Gegenwart erkennen können. Zwar sind die Gefahren, die uns heute bedrohen, subtiler als die kompakte Entwicklung in Richtung auf einen weltweiten Totalitarismus, die Orwell in seinem Zukunftsroman an die Wand malte; dennoch mögen sie um so bedrohlicher wirken, wenn wir Huxleys Utopie mit bedenken. Seine Alpträume von einer durch »Konditionierung« an ihre Lage angepaßten und in Klassen unterteilten Menschheit hat in unserer Freizeitgesellschaft alle Chancen auf Verwirklichung. Die durch Überfluß abgestumpften Wohlstandsbürger werden träge, die Wachsamkeit schwindet. Auf diesem Boden können aus »kleinen Brüdern« jederzeit große werden.

Wir brauchen ein besseres Datenschutzgesetz

Die Herrschaft kraft neu entstehender Informationsmonopole ist nicht vergleichbar mit der Despotie altertümlicher Tyrannen – nicht Befehle eines Einzelnen sind es, die das Volk regieren. Die neue Despotie wirkt viel subtiler: wir werden überwacht, kontrolliert, manipuliert, ohne zu wissen, wie und von wem. Der Große Bruder ist keine bestimmte Person, sondern ein Symbol, verkörpert durch eine anonyme Bürokratie.

Die Verdatung unserer Gesellschaft bewirkt zweierlei: Erstens wird Wissen – und damit Macht – zwischen Individuum und Staat zunehmend ungleich aufgeteilt, und zwar zugunsten des letzteren. Zweitens verschiebt die Informationstechnologie auch das Kräfteverhältnis zwischen den einzelnen Institutionen von Staat und Gesellschaft; das auf dem Prinzip der Gewaltentrennung aufgebaute demokratisch-freiheitliche Gefüge der Gesellschaft ist dadurch in neuer Weise in seiner Funktionsfähigkeit gefährdet.

Ebenso wie es notwendig war, Verkehrsregeln zu schaffen, um die Fußgänger vor den Automobilbenützern – und die Automobilbenützer voreinander – zu schützen, ist es unabweislich geworden, solche »Verkehrsregeln« auch zum Schutz vor den Computer-Benützern zu schaffen, um Kollisionen mit anderen wesentlichen menschlichen Interessenssphären zu vermeiden. Aus diesem Bedürfnis heraus entstanden in der jüngsten Vergangenheit in vielen Staaten Datenschutzgesetze, Kataloge von Verkehrsregeln, die den Einsatz von Computern in jene Bahnen lenken sollen, in denen die Verletzung anderer Rechtsgüter nicht zu erwarten ist. Auch in Österreich gilt seit 1980 ein Datenschutzgesetz. Wie ich in diesem Buch im Detail ausführen werde, ist es in mehrfacher Hinsicht ein besonders schlechtes Gesetz. Die Praxis zeigt darüber hinaus, daß das Datenschutzgesetz kaum jemals dazu verwendet wird, die Privatsphäre des Einzelnen zu schützen, das heißt, ihm Kontrolle über die ihn betreffenden Informationen zu gewähren; viel häufiger wird es – in erster Linie von Behörden – sogar als Vorwand mißbraucht, Auskünfte zu verweigern (Lit. 7). Ein wesentliches Ziel der Datenschutzidee – mehr Transparenz im Datenverkehr – wird damit nur zu oft ins Gegenteil verkehrt.

Was wir deshalb dringend und rasch benötigen, ist ein besseres Datenschutzgesetz. Es komme niemand mit dem Argument, eine entsprechende Novelle des geltenden Gesetzes werde gerade erarbeitet und demnächst beschlossen; dann werde alles in bester Ordnung sein. Selbst wenn dadurch – was nach den zur Zeit verfügbaren Informationen keineswegs der Fall sein dürfte (siehe Seite 59) – einige Schwächen des Gesetzes beseitigt werden, bliebe es immer noch in hohem Maße problematisch, weil wirklichkeitsfremd. Wenn sich nicht Grundlegendes ändert, wird man das Datenschutzgesetz im Alltag auch nach seiner Novellierung weiterhin ignorieren. Um so mehr brauchen wir kämpferische Individualisten, die sich gegen den schleichend fortschreitenden Ausverkauf der Privatsphäre energisch zur Wehr setzen.

Wer solcherart harte Kritik am Datenschutzgesetz und dem Versuch seiner Novellierung übt, muß diese auch begründen können. Ich will dies in diesem Buch tun. Die Erwartung, daß es sich beim Thema Datenschutz um eine einfache, für jedermann leicht durchschaubare Materie handelt, muß ich allerdings von vornherein enttäuschen. Das Datenschutzgesetz und die dadurch berührten gesetzlichen Bestimmungen sind außerordentlich kompliziert, um nicht zu sagen verworren, nicht nur für den Laien, auch für bewährte Juristen. Letztere werden möglicherweise in diesem Buch so manche, ihnen wichtig erscheinende, rechtstheoretische Überlegungen vermissen. Aber: ich bin kein Jurist, und das ist für das Anliegen dieses Buchs vielleicht zweckmäßig. Ich sehe mich nämlich viel mehr in der Rolle eines engagierten Bürgers, den die moderne Informationstechnik interessiert, der ihr aber nicht ohne Skepsis gegenübersteht und deshalb herausfinden möchte, ob das Datenschutzgesetz hält, was es in seinem ersten Paragraphen verspricht: ein Grundrecht zu gewährleisten auf Geheimhaltung personenbezogener Daten.

Eines sei allerdings gleich vorweg genommen: die Interessenabwägung zwischen der Schutzbedürftigkeit der Privatsphäre und beispielsweise dem Informationsanspruch des Staates bzw. der Öffentlichkeit ist nicht in schwarz und weiß zu malen – entscheidend sind, wie so oft im Leben, die Grautöne. Bevor wir uns aber mit der Materie im engeren Sinne befassen, soll überblicksartig das historische, technische und gesellschaftliche Umfeld der Verdatung des Individuums beschrieben werden.

Auf dem Weg in den Überwachungsstaat

Die Informationstechnik hat sich dank der Mikroelektronik in Wirtschaft und Gesellschaft bereits überall eingenistet. Die schleichende Eroberung nahezu sämtlicher Bereiche unserer Zivilisation ist da und dort ins Bewußtsein der Öffentlichkeit gedrungen; das wahre Ausmaß der Einflüsse mikroelektronischer Technik ist den meisten aber nicht voll bewußt – viele wissen indes instinktiv, daß diese Änderungen schon jetzt tiefgreifend sind und demnächst noch einschneidender als jetzt ans Tageslicht treten werden. Daraus entsteht der mehr oder weniger bewußte Eindruck, die weitere Entwicklung immer weniger durchschauen und damit steuern zu können. Kein Wunder, daß sich Angst breit macht; Angst vor einer Entwicklung, die wir nicht mehr beeinflussen können, weil wir weder wissen, wohin wir uns bewegen, noch den Hebel kennen, der als Steuer wirken könnte; Angst auch vor einer technischen Entwicklung, deren Eigendynamik den Menschen zum Sklaven dieser Technik machen könnte, obwohl er doch angetreten war, sie sich dienstbar zu machen; Angst schließlich vor einer computerisierten Welt, die so perfekt ist, daß sie Abenteuer nur noch in der Phantasie zuläßt (computergesteuert natürlich, wie etwa bei elektronischen Spielen), aber gleichzeitig so gefühlsleer, daß die Frage nach dem Sinn des Lebens zu mathematischen Berechnungen über die Lebensdauer von Maschinenmenschen pervertiert wird.

Als George Orwell seine »Utopie in Form eines Romanes« in der Abgeschiedenheit einer kleinen Insel vor der Westküste Schottlands niederschrieb, versuchte er aufzuzeigen, wohin die totalitären Ideen mancher Zeitgenossen führen würden: »Mit fast tödlicher Sicherheit«, so Orwell, »bewegen wir uns auf ein Zeitalter totalitärer Diktatur zu, ein Zeitalter, in dem Gedankenfreiheit zunächst eine Todsünde und später ein leerer, abstrakter Begriff sein wird; das selbständig denkende Individuum wird ausgelöscht werden.«

Angeregt von Berichten über das Sowjetsystem und den Hitler-Staat, zeichnete Orwell eine lebensfeindliche Welt, in der Apparate über die Menschen und in der ein Großer Bruder über die gesamte Menschheit herrscht. »Der Roman 1984, als Warnung gedacht und als Satire geschrieben«, berichtet der Spiegel, »war zur Chiffre geworden für alles, was die Welt an Totalitarismus und Personenüberwachung, an Gesinnungsterror und Bürokratie, an amtlicher Verlogenheit und Manipulation der geschichtlichen Wahrheit, an psychischen Schrecknissen und verletzter Menschenwürde, an Vernichtung von Liberalität und Persönlichkeit, Liebe oder Religion erfunden hat« (Lit. 8).

Die Kontrollierbarkeit des Bürgers

Die moderne Technik hat Orwell aber in mancher Hinsicht längst überholt. Daten jedes Bürgers, zumindest in der industrialisierten Welt, sind in Hunderten von Datenbanken gespeichert. Die Methoden, Personen zu überwachen, sind zum Teil viel ausgeklügelter als die Gedankenpolizei des Großen Bruders. Die elektronische Kontrolle des Menschen findet nicht nur in der Intensivstation, sondern auch im täglichen Leben statt. Damit sind nicht so sehr Radarfallen gemeint, die Verkehrssünder entlarven, oder Fernsehmonitoren, die in Kaufhäusern Ladendiebe aufspüren. Das Kontrollpotential ergibt sich mittelbar schon aus der Tatsache, daß der Bürger von der Wiege bis zum Grab datenmäßig erfaßt wird und die Möglichkeit besteht, diese Datenbestände miteinander zu koppeln – heute mehr denn je ist Wissen gleichbedeutend mit Macht. Je mehr diese Macht von Staats wegen gebraucht wird, desto weiter schrumpft zwangsläufig der Freiraum des Individuums.

Die staatliche Verwaltung besitzt heute dank ihres Informationsvorsprungs Möglichkeiten zur Überwachung und Kontrolle, von denen ein Hitler oder Stalin nur träumen konnte. Offen eingesetzt werden sie zur Zeit gegen Terroristen und deren Helfershelfer. Ein kleiner Schritt genügt – und sie lassen sich auf unliebsame Minderheiten ausdehnen. »Sollte es tatsächlich zu einer neuen Revolution in Wirtschaft und Gesellschaft kommen«, urteilt Alexander King von der Internationalen Föderation der Institute für Höhere Studien in Paris, »dann haben ihre Agenten bereits in allen Bereichen der Wirtschaft und Gesellschaft ihre Zellen etabliert; immer noch unauffällig, unterwandern sie die gesamte Gesellschaftsstruktur« (Lit. 9).

Tatsache ist, daß die elektronische Datenverarbeitung ein starker Motor für die zunehmende Registrierung, Kontrolle und Überwachung der Menschen war und ist. Abgesehen von der schon erwähnten Umverteilung der Informationsmacht, hat diese Entwicklung zwei weitere Konsequenzen. Zum einen hat der Einsatz von Computern eine in gewissem Sinn »strukturkonservative« Wirkung: die Reglementierungswut der Legislative vermag »dank« des Computers ungehindert weiter auszuufern, gleichzeitig steigt die Komplexität und damit Undurchschaubarkeit unseres Gesellschaftssystems so weit, daß der Normalsterbliche nur mehr kopfschüttelnd resignieren kann. Die Strukturen und Entscheidungsprozesse in Verwaltung, Wirtschaft und Gesellschaft wären ohne elektronische Datenverarbeitung schon längst nicht mehr zu bewältigen (es sei denn mit unvertretbar hohem Aufwand). Mit Hilfe des Computers aber kann die Bürokratie fast ungehindert weiterwuchern.

Ich bin überzeugt, daß – hätten wir keine Computer – beispielsweise im Sozialwesen schon längst neue Modelle, organisiert in einfacheren, überschaubareren Strukturen (etwa Nachbarschaftshilfe, »gemeindenahe« Psychiatrie, »offene« Altenarbeit usw.) vermehrt aufgegriffen und verwirklicht worden wären. Der Einsatz des Computers behindert aber indirekt die Entwicklung alternativer Sozialmodelle, denn sein Einsatz schreibt die bestehenden Strukturen auf lange Sicht hin fest.

Mag sein, daß die immer stärker vordringenden Mikrocomputer Tendenzen zur Dezentralisierung begünstigen. Dem stehen jedoch immer erneut erkennbare Bemühungen entgegen, durch bundes- und landesweite Datenbanken und Dossiers den EDV-Zentralismus festzuschreiben.

Zum zweiten ist die enorme Größe und Komplexität vieler automatisierter Informationssysteme, so Klaus Lenk, Professor für Verwaltungswissenschaft an der Universität Oldenburg, zugleich Ursache für deren technische Verwundbarkeit. Viele Systeme mit hochgradiger Interdependenz wurden entwickelt, ohne daß man vorher die Frage beantwortete, wieviel Schutz vor einem Riesenbetrug oder einem bewaffneten Angriff erforder lich und wieviel Redundanz nötig seien, damit das Netz oder ein Teil von ihm erforderlichenfalls wieder in Betrieb genommen werden kann. Daß moderne Technik vielfach auch eine straffe polizeiliche Überwachung erfordert, ist durch die Diskussion um Kernkraftwerke (Schlagwort »Atomstaat«) hinlänglich klar geworden. Die Informationstechnik, so Lenk weiter, liefere nun die geeignete Technologie für die Stabilisierung der Gesellschaft und für die Expansion bürokratischer Macht. »Die bislang festzustellenden Auswirkungen der Informationstechnik kulminieren zweifellos in der Erhöhung des Wirkungsgrades großer Organisationen sowie in besseren Gelegenheiten zur Überwachung des Verhaltens von Individuen und sozialen Systemen, sowohl innerhalb als auch außerhalb von Organisationen. Hinzu kommt die wachsende Fähigkeit, künftiges Verhalten von Individuen und sozialen Systemen vorwegzunehmen oder vorherzusagen, wodurch diese leichter manipulierbar werden« (Lit. 10).

Das Zukunftsbild einer total verwalteten und damit kontrollierten Gesellschaft ist also nicht zu weit hergeholt. Das Netzwerk der modernen Informations- und Kommunikationstechnik kann dabei mit einem externen Nervensystem verglichen werden, in dem Sensoren und Monitoren ständig Impulse an die Kontrollzentren abgeben. Es geht dabei nicht so sehr um die Informationstechnik an sich, als vielmehr um ihren Einsatz gemäß den Vorstellungen der staatlichen Bürokratie. Beschäftigte sich die bürokratische Verwaltung bislang vorwiegend mit wirtschaftlichen Fragen und sozialer Sicherheit, dehnt sie nun, dank informationstechnischer Hilfsmittel, ihren Tätigkeitsbereich auf praktisch alle Aspekte des gesellschaftlichen Lebens aus. »Ausgehend vom Bildungswesen auf der einen Seite, von der Polizei und personenbezogenen sozialen Diensten auf der anderen, durchdringt sie langsam den Vorgang der Sozialisierung des Individuums« (Lit. 11).

Die Informationstechnik fördert das Entstehen einer von Verwaltungsapparaten beherrschten Gesellschaft. Gleichzeitig erschwert sie den Widerstand gegen eine solche Entwicklung – Gegenkräfte haben es schon heute schwerer, sich Gehör zu verschaffen.

Technik-Elite und Proles

Die Überwachung ist nur eine, wenn auch wichtige, Facette in Orwells Zukunftsroman. Auch der Teilung der Gesellschaft in eine Kaste von Wissenden und die große Masse der Proles widmet er eine Beschreibung, die zu denken gibt.

Es ist unschwer vorzustellen, daß Technik und Wissenschaft des 20. Jahrhunderts zu einer Elite führen, die allein diese Technik durchschaut und damit die Funktion – allerdings ganz anderen Inhalts – der Priesterkasten erhält, welche in den alten Hochkulturen Geheimlehren pflegten, die für den gewöhnlichen Sterblichen unzugänglich waren.

Die Programmiersprachen des Computerfachmanns bekommen für den, der sie nicht verstehen und interpretieren kann, ebenso den Charakter einer Geheimwissenschaft wie das von Fachausdrücken durchsetzte Vokabular der Spezialisten aus allen Wissenschaftsdisziplinen, vor dem der Laie hilflos kapitulieren muß.

Zugegeben, man braucht nicht die Theorie der Mikroelektronik zu verstehen, um ein Konzert im Fernsehen genießen zu können: aber wenn sich fast alle Gebrauchsgegenstände des täglichen Lebens in »schwarze Kästen« verwandelt haben und wenn das technologische Niveau derjenigen, die diese Geräte entwickeln, das Begriffsvermögen derer übersteigt, die sie benützen, dann ist die Teilung der Gesellschaft in zwei Lager beinahe unumgänglich.

Ähnlich wie die Diskussion um Kernkraftwerke in der Bundesrepublik Deutschland und anderswo zu bürgerkriegsähnlichen Auseinandersetzungen geführt hat und ähnlich wie fragwürdige Experimente der Gentechno-

logie in den Vereinigten Staaten Bürgerinitiativen und um Ethik besorgte Wissenschafter auf den Plan gerufen haben, kann – so ist zu befürchten – eine neue Maschinenstürmerei auch den Computer treffen. Die instinktive und emotional getönte Abwehr, die mit einem Schlagwort als »Technikfeindlichkeit« beschrieben wird, ist heute kein Reservat kritischer Intellektueller. Die grüne Bewegung agiert aus einem dunklen Bewußtsein heraus, daß die moderne Technik, zunächst als Hilfsmittel angepriesen, zu einer neuen Unterjochung führen kann, jedenfalls aber so rasant fortschreitet, daß der Gesellschaft keine Zeit bleibt, in der sozialen Entwicklung mit den durch die Technik hervorgerufenen Änderungen in Wirtschaft und Gesellschaft Schritt zu halten. Dies zeigt die Verzögerung, mit der auf eine technische Neuerung soziale Reaktionen folgen: Die Machbarkeit von Kernkraftwerken war schon in den fünfziger Jahren bekannt. Erst zwanzig Jahre später ist die Diskussion um Kernkraftwerke so ins allgemeine Bewußtsein eingedrungen, daß sie Wahlen beeinflußt.
Schon längst hat sich herumgesprochen, was mit Hilfe der Mikroelektronik alles machbar ist. Aber die Reaktion läßt – noch – auf sich warten. Es scheint, als ob die informationstechnische Industrie noch jahrelang ungehindert Zeit haben wird, die Informatisierung unseres Lebens voranzutreiben. Dann aber könnte es zu spät sein, unerwünschte Folgen zu verhindern. Die Optimisten vertrauen zwar auf das Verantwortungsbewußtsein derer, die die technische Entwicklung vorantreiben und für den Schutz vor allfälligem Mißbrauch vorsorgen. Die Pessimisten hingegen argumentieren, daß die Versuchung, die neuen Machtinstrumente zu gebrauchen, sowie die Eigendynamik der Entwicklung der Systeme, immer vernetzter und weniger durchschaubar zu werden, über kurz oder lang zum Untergang der sogenannten freien Gesellschaftsordnungen führen werde.

Informationsverarbeitung und Sprache

Über die Vision eines Überwachungsstaates und den Gedanken zu einer neuen Priesterkaste von Eingeweihten hinaus hat George Orwell noch eine weitere Entwicklung logisch zu Ende gedacht: die Bedeutung, die das Verändern der Bedeutungsinhalte von Wörtern und der Sprache allgemein hat. So sagt Syme, Winstons Arbeitskollege im Wahrheitsministerium im Roman »1984«: »Die Revolution ist vollzogen, wenn die Sprache geschaffen ist.« Er meint damit die neue Sprache, die kein anderes Ziel hat, als die Reichweite des Gedankens zu verkürzen. »Wie könnte ein Leitsatz wie ›Freiheit ist Sklaverei‹ bestehen bleiben«, so Orwell, »wenn der Begriff ›Freiheit‹ aufgehoben ist. Das ganze Reich des Denkens wird anders sein. Es wird überhaupt kein Denken mehr geben, wenigstens was wir heute darunter verstehen« (Lit. 12).

Computer zwingen zu einer formalisierten Sprache. »1984« vor Augen, warnt auch Univ.Prof. Dr. Karl Steinbuch davor, daß die Computer in der Informationsverarbeitung zur Verwendung von Kunstsprachen zwingen – sie akzeptieren keine Vagheiten, und sie verstehen keine Wortspiele. Dazu komme, so Steinbuch, ein heute schon vielfach geübter semantischer Betrug, bei dem Worte der umgangssprachlichen Bedeutung entkleidet und in einem listig geplanten Sinne anders verwendet würden. Orwell illustriert das am Beispiel des Wortes »Freiheit« für eine tatsächlich ausgeübte Sklaverei – der dann alle zujubeln, weil sie Freiheit genannt wird. Freiheit bedeutet heute in der Sowjetunion etwas ganz anderes als hierzulande. Wer weiß, was Freiheit morgen oder übermorgen bedeuten wird? Nachdenklich stimmt auch der Vergleich von gebräuchlichen West- und Ostbezeichnungen für ein- und dasselbe: was im Westen »Ostblock« heißt, wird drüben »Friedenslager« genannt; Moskaus »Satelliten« sind »Sozialistische Bruderländer«, die »Schandmauer« entspricht dem »Antifaschistischen Schutzwall« usw. Auch die Begriffe »Demokratie« und »Diktatur« werden neu gedeutet, wenn sich die Volks»demokratien« des Ostblocks als »Diktatur des Proletariats« verstehen.

Zutreffenderweise hat Orwell erkannt, daß sich die Einführung der Neusprache allmählich vollziehen und daß sie »auf der vorhandenen Sprache aufgebaut« werden würde.

Viele von Orwell charakterisierte Begriffswechsel können wir heute im Prinzip bereits als Wirklichkeit erleben, etwa bei den Worten »Krieg« und »Frieden«: so wählt der US-Präsident für ein neues Waffensystem die Bezeichnung »Peace Keeper« und bezeichnet Aufrüstung mit diesem Raketensystem als »weiteren Schritt zur Abrüstung« (Lit. 13).

Im Gegenzug bedienen sich Pazifisten des Vokabulars der Militärs, wenn sie zu einem Friedens»marsch« aufrufen. Auf dem Weg zur Umbenennung der früheren Kriegsministerien in Friedensministerien (»Minipax« bei Orwell) sind wir dagegen bislang auf halbem Wege stehen geblieben: die derzeit aktuelle Version heißt Verteidigungsministerium.

Mit dem Gebrauch des Wortes »Störer« hat sich – vor allem bei der Polizei – bereits die Einsicht durchgesetzt, daß es sich nicht nur bei Streiks, sondern bei Protestmaßnahmen aller Art um »Störungen des öffentlichen Friedens« handelt. »Vielleicht spräche man noch treffender von ›Störenfrieden‹, auch wenn dies nicht der notwendigen Kürze des polizei-militärischen Sprachgebrauchs entspricht. Die neusprachliche Prägnanz des Begriffes wird aber sofort deutlich, wenn man sich die konkrete Anwendung auf Demonstrationen der sogenannten Friedensbewegung vorstellt. Erst dann wird wirklich denkmöglich, solche selbsternannten Friedensfreunde als das zu bezeichnen, was sie objektiv sind: ›Friedensstörer‹« (Lit. 14). Angriff wird zur Vorwärtsverteidigung und passiven Bewaffnung (siehe den CDU-Gesetzentwurf vom 9. Oktober 1981 über passive Bewaffnung). Bomben werden zu »Systemen«, Reizgas zum »Distanzmittel«, Soldaten zu »menschlichen Aktivposten«, Atommüll-Lager zu »Entsorgungsparks«. Kennzeichnend für Orwells »Neusprech« ist nicht nur eine auf Verarmung an Phantasie abzielende Vereinfachung der Sprache, sondern auch das Umdeuten von Begriffen und Löschen von Information. Während es heute in totalitären Staaten schwerfällt, die lobende Erwähnung von Politikern, die als Verräter in Ungnade fallen, von heute auf morgen aus Nachschlagewerken zu entfernen, ist dies für computerisierte Informationssysteme kein Problem. Ein elektronisches Lexikon, das über Bildschirmtext in jeden Haushalt geliefert werden kann, vermittelt einerseits den jeweils aktuellsten Stand, kann aber auch jederzeit im Sinne Orwells »umgeschrieben« werden. Nicht wenige Verleger von Büchern und Zeitschriften erwägen ernsthaft, vom Papier als Informationsträger ab- und zum »Electronic Publishing« überzugehen. Die neuesten Nachrichten würden dann nicht mehr durch ein kompliziertes Verteilungssystem mit Flugzeugen, Lastwagen und Kolporteuren in jeden Winkel unseres Landes verteilt, sondern auf Knopfdruck aus einer Datenbank abgerufen und am Bildschirm abgebildet bzw. über einen Drucker doch noch zu Papier gebracht.

Wenn auch die Informationsexplosion nach wie vor ein Anwachsen der Berge an produziertem Papier bewirkt, läßt sich dennoch bereits heute ein Übergang zur elektronischen Speicherung von Information feststellen. Diese neue informationelle Umwelt bringt in mancher Hinsicht Vorteile, ermöglicht aber anderseits die Verwirklichung Orwellscher Visionen.

Wie die österreichische Bevölkerung Computertechnik sieht

Sieht man von Bürgerinitiativen und Boykottbewegungen ab, die sich beispielsweise in der BRD aus Anlaß der bundesweiten Volkszählung bildeten, gibt es bislang in Mitteleuropa kaum eine von der Basis her gestärkte Bewegung im Hinblick auf Datenschutz, das heißt, vor allem den Schutz der Privatsphäre. Über die Gründe dafür kann man nur spekulieren. Ich persönlich bin der Auffassung, daß das Wissen um die Möglichkeiten und

Gefahren der Computertechnik in der Allgemeinheit noch zu wenig verbreitet bzw. zu unscharf ist, um eine ins Gewicht fallende Aktivierung in der einen oder anderen Richtung auszulösen. Versuchen wir aber trotzdem, aus vorliegenden Meinungsumfragen Hinweise über die Einstellung der Bevölkerung zu den Themen, die in diesem Buch angeschnitten sind, zu bekommen.

Interessant ist zunächst das Ergebnis einer Studie des Fessel + GfK-Instituts (September 1982) mit dem Rahmenthema »Technischer Fortschritt«. Da wird die Bekanntheit des Begriffs Mikroelektronik bzw. Mikroprozessoren und Mikrochips erfragt: zwei Drittel der Befragten geben an, überhaupt schon einmal davon gehört oder gelesen zu haben, 33% verneinen die Frage. Während aber über 90% der Maturanten »Mikroelektronik« als bekannt einstufen, geben dies nur 50% der Pflichtschulabsolventen an. Fragt man nach, was unter einem Mikroprozessor zu verstehen ist, erhält man nur zu 18% richtige bzw. teilweise richtige Antworten. Bei einem großen Teil der Bevölkerung dürfte darüber hinaus eine emotionale Distanz auch gegenüber täglichen Anwendungen der Mikroelektronik existieren – 40% fühlen sich dabei überhaupt nicht persönlich involviert.

Zu Denken gibt auch eine Frage nach der Bereitschaft, sich auf diesem Sektor weiterzubilden: etwa die Hälfte der Befragten hat kein Interesse daran, 27% wenig. 21% der Befragten, eher Personen, die schon technische Bildung aufweisen, sind an einer Weiterbildung interessiert.

Mit anderen Worten: obwohl kein Tag vergeht, an dem nicht in den Massenmedien über Mikroelektronik, Computer- und Kommunikationstechnik berichtet wird, scheint das Thema in der Bevölkerung noch vergleichsweise wenig präsent zu sein. Sicher dürfte die vermehrte Diskussion im Orwell-Jahr 1984 zur Bewußtseinsbildung beigetragen haben; in welchem Ausmaß, können wir heute noch nicht feststellen.

Aus einer 1983 durchgeführten Meinungsumfrage der Marktforschungsfirma Dr. Brunmayr & Co ergeben sich einige in unserem Zusammenhang interessante Indizien für das Verhältnis des Österreichers zum Staat: nur 5% fühlen sich durch staatliche Reglementierungen »stark eingeengt«, 29% empfinden dies in einigen Bereichen und 66% fühlen sich »überhaupt frei«. Die Masse der Bevölkerung scheint also vom Orwell'schen Gedankengut ungerührt zu sein. Diese Aussage gilt allerdings nicht generell: »Am stärksten fühlen sich diejenigen Menschen vom Staat behindert«, so die Studie, »die das ausgeprägteste Aktivitätspotential haben«. Je mehr ein Mensch sich engagiert oder je mehr er an seiner Umwelt teilnimmt, desto mehr spürt er die Grenzen, die durch staatliche Reglementierung auferlegt sind. Passive und unaktive Menschen stoßen auf weniger Grenzen.

Das Gefühl, eingeengt zu sein, ist je nach Interessenslage des Betroffenen verschieden ausgeprägt: von jenen, die sich »stark eingeengt« fühlen, lesen 75% den politischen Teil einer Zeitung (»nicht eingeengt«: 54%), während nur 20% der sich eingeengt Fühlenden Sportberichte lesen, aber 40% derer, die sich nicht eingeengt fühlen.
Die »Einflußnahme des Staates« wird von den Österreichern sehr unterschiedlich bewertet. Zur Frage, ob sich »Privatinitiative mehr lohnen« müßte, antworten 51% mit »sehr richtig« und 38% mit »eher ja«. Grundsätzlich ist das Vertrauen in die Leistungsfähigkeit des Staates, so die Studie, eher gering. Interessant ist darüber hinaus, daß immerhin mehr als 22% der Bürger insbesondere die Gesundheitsfürsorge selbst in die Hand nehmen möchten.
Die Studie liefert auch einen Hinweis darauf, was als schutzwürdiges Gut der Privatsphäre gesehen wird. Auf die Frage, gegen welche bestimmenden Gesetze man aktiv auftreten würde, ergab sich eine deutliche Ablehnung, die Schulwahl von staatlichen Tests abhängig zu machen, einen Urlaub im Ausland zu verbieten, damit das Budget saniert wird, oder die Ersparnisse vor der Behörde offenzulegen, um Steuerhinterziehungen zu erschweren. Jede staatliche Kontrolle und jeder staatliche Eingriff in die Bereiche Kindererziehung/Schulwahl, Urlaub und Ersparnis, würde somit wahrscheinlich schon jetzt starken Widerstand in der Bevölkerung auslösen.
Das Salzburger Institut für Grundlagenforschung führte 1981 im Auftrag der Arbeiterkammer eine Erhebung zum Thema »Privatsphäre und Datenschutz« durch. Auch diese Stichprobenbefragung der Erwachsenenbevölkerung Oberösterreichs zeigt, daß das Thema Datenschutz noch keineswegs voll in das Bewußtsein der Allgemeinheit gedrungen zu sein scheint: rund zwei Drittel der 1.017 befragten Oberösterreicher fühlen sich in ihrer Privatsphäre überhaupt nicht oder eher nicht eingeschränkt (Lit. 15).
Aus den oben angeführten Umfrageergebnissen läßt sich näherungsweise schließen, daß das Wissen um die Computertechnik relativ wenig verbreitet ist und somit auch nicht erwartet werden kann, daß hinsichtlich positiver bzw. negativer Auswirkungen dieser Technik ausgeprägte Meinungen bestehen. Wenn sich gegenwärtig noch viele Österreicher in ihrer Privatsphäre nicht eingeengt fühlen, kann demnach keineswegs gefolgert werden, daß die Datengier von Staat und Unternehmen keine Bedrohung ist bzw. in der Zukunft nicht als solche empfunden wird.
Ganz im Gegenteil: Ich bin sicher, daß in den nächsten Jahren auch in Österreich das Thema Datenschutz zunehmend kritischer beurteilt wer-

den wird. Meinungsumfragen in den Vereinigten Staaten – die uns in der breiten Anwendung der Informationstechnik um Jahre voraus sind – unterstützen die Prognose: Im Jahre 1974 bejahten bloß 38% der US-Amerikaner die Frage, ob der Computer eine Bedrohung der Privatsphäre darstelle. 1978 waren es bereits 54%. Im selben Zeitraum ging der Prozentsatz derer, die diese Frage verneinten, von 41 auf 31 Prozent zurück (der Rest war sich nicht sicher). Es besteht kein Grund, anzunehmen, daß hierzulande die Entwicklung anders verläuft.

Ich werde in den folgenden Kapiteln aufzeigen, daß wir allen Anlaß haben, die Auswirkungen der Informationstechnik aufmerksamer und kritischer als bisher zu verfolgen. Dem Titel des Buches entsprechend, geht es in erster Linie um die Frage der Überwachung und Kontrolle des einzelnen und um den Schutz seiner privaten Lebensbeziehungen. Beginnen wir nun, die Begriffe »Datenschutz« und »Privatsphäre« näher unter die Lupe zu nehmen.

Die Wurzeln der Datenschutzidee

Information ist ein besonderer Rohstoff: Information in Form einer Anekdote hat Unterhaltungswert; Information über eine technisch nutzbare Erfindung hat Geldwert; Information über persönliche Einstellungen und Verhaltensweisen von Menschen schließlich hat Machtwert (»Wissen ist Macht«). Dementsprechend kann Information als »Ware« sehr unterschiedliche Bedeutungen haben – sie hängen nicht nur von der Qualität (richtig, unrichtig), sondern in den meisten Fällen auch davon ab, wer die Information ermittelt, weitergibt oder empfängt. Während Geld in gewissem Sinne allgemein verbindlichen Wert besitzt, bedeutet ein- und dieselbe Nachricht für verschiedene Menschen viel, wenig oder gar nichts.

Die Diskussion über die Gefahren einer Überwachung der Bürger durch den Staat oder der Angestellten eines Betriebes durch den Unternehmer bezieht sich in erster Linie auf den Machtwert von Information. Demokratische Gesellschaftsordnungen können nur bestehen, wenn die Macht einzelner Gruppen bzw. Institutionen durch Übereinkunft (Gesetz) beschränkt und kontrolliert wird. Insoferne setzt Demokratie Ordnungsprinzipien der Informationsmachtverteilung voraus.

Die mikroelektronische Technik hat in den letzten Jahrzehnten zu einem nie dagewesenen Anstieg an Informationsspeicherung, -verarbeitung und -übermittlung geführt (nicht nur der quantitative Aspekt, sondern auch der Zeitfaktor spielt dabei eine Rolle: Zum »Mehr-Wissen« kommt auch ein »Früher-Wissen« und »Ständig-zur-Verfügung-Haben«; insofern ist die elektronische Datenverarbeitung ein »Zeittransformator«).

Weit über 50.000 Dateien haben in Österreich unzählige Persönlichkeitsmerkmale des einzelnen Bürgers in Computergedächtnissen millionenfach erfaßt. Die besondere Eigenschaft der mikroelektronischen Technik, sehr große Mengen an Information rasch speichern, verarbeiten und übermitteln zu können, führt zwangsläufig zu einer Anhäufung von Informationsmacht bei staatlichen und privaten Verwaltern dieser EDV-Dossiers. Somit geht es bei der Frage des »Datenschutzes« letztlich auch darum, ob beziehungsweise inwieweit die moderne Informations- und Kommunikationstechnik eine Umverteilung der Informationsmacht bedingt, welche die Grundprinzipien der freiheitlichen demokratischen Gesellschaftsordnung in Frage stellt.

Datenschutz ist also weit mehr als eine Sammlung von Vorschriften über den Umgang mit computerisierter Information. Der Begriff »Datenschutz« bringt dies nicht unmittelbar zum Ausdruck, schon eher der Titel des französischen Datenschutzgesetzes: »Gesetz über Datenverarbeitung, Karteien und Freiheitsrechte« (die Ziele des Gesetzes sind im ersten Artikel wie folgt dargelegt: »Die elektronische Datenverarbeitung muß im Dienste des Bürgers stehen. Ihre Entwicklung soll sich im Rahmen der internationalen Zusammenarbeit vollziehen. Sie darf weder die menschliche Identität noch die Menschenrechte, weder die Privatsphäre noch die individuellen oder kollektiven Grundrechte beinträchtigen«).

Mit Hinblick auf die Grundrechte der Demokratie ergeben sich somit zwei Bereiche: der »klassische«, staatsbezogene Grundrechtsschutz und der privatbezogene (die sogenannte Drittwirkung).

Betrachtet man die internationale Diskussion zum Thema Datenschutz, so kann man feststellen, daß sich das Interesse der Gesetzgeber vor allem auf den »Schutz der Privatsphäre« richtet: das österreichische Datenschutzgesetz beispielsweise verankert diesen in einer Verfassungsbestimmung, wonach jedermann »Anspruch auf Geheimhaltung der ihn betreffenden personenbezogenen Daten hat, soweit er daran ein schutzwürdiges Interesse, insbesondere im Hinblick auf Achtung seines Privat- und Familienlebens« hat. Als Gegenpol zur Schutzwürdigkeit der Privatsphäre – was immer dies im Konkreten auch sein mag – wird ein legitimer Anspruch für Personen, Unternehmen und Behörden formuliert, Bürgerdaten zu erheben, zu verarbeiten und zu übermitteln.

Datenschutz schafft Interessenskollisionen

Datenschutz ist somit in jedem Fall ein Kompromiß, eine Interessenabwägung beispielsweise zwischen dem Anspruch des Individuums auf Geheimhaltung seines Privat- und Familienlebens und dem Anspruch des Staates auf Bürger-Information, etwa für Zwecke des Schutzes seiner verfassungsmäßigen Einrichtungen oder für Zwecke der Strafrechtspflege. Dieser Kompromiß wird naturgemäß in hohem Ausmaß durch die Rechte und Pflichten bestimmt, welche die jeweilige Gesellschaftsordnung dem Einzelmenschen bzw. dem Staat zuweist. Hat der Staat nur »Nachtwächterfunktion« im Sinne der Liberalen des 19. Jahrhunderts, dann wird sich die Privatsphäre als relativ weitgezogener Schutzbereich formulieren lassen. In der Realität ist aber der Staat des ausgehenden 20. Jahrhunderts alles andere als ein »Nachtwächter«: er ist für den Schutz gegen Gewalt verantwortlich, für die Altersvorsorge, für das Gesundheitswesen, für Bildung, Geldwirtschaft, Verkehr, Arbeitsmarktpolitik und vieles andere – kurz: ein Steuerungs-, Verteilungs- und Wohlfahrtsstaat. Zur zweckmäßigen Erfüllung dieser Aufgaben benötigt der Staat Informationen über den Bürger, die gemeinhin seiner Privatsphäre zuzurechnen sind. Mit anderen Worten: Die Rolle des Einzelmenschen und die Rolle des Staates sind im Hinblick auf die Datenschutzdiskussion untrennbar miteinander verbunden.

Anderseits werden in zahlreichen nationalen Gesetzen auch dem Individuum »Informationszugangsrechte« eingeräumt. Am deutlichsten verwirklicht ist dieser Gedanke im »Freedom of Information Act« (Gesetz über die Freiheit der Information) der Vereinigten Staaten, der die Freigabe vieler Arten von Informationen vorschreibt, die sich in Besitz von Dienststellen der Regierung befinden. Der offizielle Zweck dieses Gesetzes ist es, der Öffentlichkeit in dem Maße Zugang zu staatlichen Informationen zu verschaffen, als zur Kontrolle der bundesbehördlichen Arbeit notwendig ist. Über die Vor- und Nachteile dieses Bürgerrechtes ist in den Vereinigten Staaten heftig diskutiert worden.

Auch in Schweden gilt seit 1766, daß jeder Bürger in behördliche Akten Einsicht nehmen darf. Dies hat zur Folge, daß selbst die für den Ministerpräsidenten eingehende Post regelmäßig für das Publikum ausgelegt wird – manchmal bevor der Empfänger sie gelesen hat. Die Presse macht von dieser Informationsmöglichkeit regen Gebrauch. Zwar besteht kein Zweifel, daß man die gesetzlich zugelassenen Ausnahmen dieses Einsichtsrechts auch in Schweden zur Geltung bringt, dennoch geht es um einiges weiter, als das in Österreich unter anderem in § 17 Allgemeines Verwaltungsverfahrensgesetz 1950 geregelte Akteneinsichtsrecht. Wie schon erwähnt, kommt in der österreichischen Praxis hinzu, daß das Datenschutzgesetz häufig dazu mißbraucht wird, Akteneinsicht zu verwehren. Die Informationszugangsrechte sind überdies noch durch Verschwiegenheitsgebote beschränkt (siehe Seite 30), so etwa im Bereich der Hoheitsverwaltung durch die »Amtsverschwiegenheit« (Artikel 20 der Österreichischen Bundesverfassung).

In diesem Zusammenhang ist auch die im österreichischen Staatsgrundgesetz geregelte Meinungsfreiheit zu nennen. Sie beschränkt sich allerdings auf die Freiheit, Meinungen zu äußern und ist damit kein Informationszugangsrecht im engeren Sinne. Der Artikel 10 der Europäischen Menschenrechtskonvention geht diesbezüglich weiter und regelt »Informationsfreiheit« als »Freiheit zum Empfang und zur Mitteilung von Nachrichten«. Auch dieses Grundrecht steht dort unter einem Vorbehalt: es wird zum »Schutz des guten Rufes oder der Rechte anderer« eingeschränkt. Es stehen einander somit die beiden grundrechtlich abgesicherten gegensätzlichen Interessen des freien Zugangs zur Information einerseits und des Datenschutzes anderseits gegenüber.

Das österreichische Datenschutzgesetz formuliert weiters einen Anspruch auf Information, wonach der Bürger das Recht hat, zu erfahren, welche Daten über ihn gespeichert sind, an wen diese übermittelt werden und welches ihm darüber hinaus ermöglicht, gegebenenfalls eine Richtigstellung oder Löschung von Daten vornehmen zu lassen. Dieses Informationszugangsrecht ist theoretisch wie praktisch allerdings eingeschränkt: das Recht auf Auskunft, Richtigstellung und Löschung gilt nicht für Daten, die »für Zwecke des Schutzes der verfassungsmäßigen Einrichtungen der Republik Österreich, für Zwecke des Strafrechtspflege, für Zwecke der Sicherung der Einsatzbereitschaft des Bundesheeres und für Zwecke der umfassenden Landesverteidigung« dienen (gerade diese Daten aber sind naturgemäß besonders »sensibel«). Außerdem gilt es nur für Computerdateien, nicht aber für händische Karteien (ein Mißgriff des Gesetzgebers ist darin zu sehen, daß die Beweislast beim Auskunftsuchenden liegt, das heißt, er muß wissen, ob Daten über ihn EDV-mäßig erfaßt sind, erst dann kann das Auskunftsrecht geltend gemacht werden). Problematisch erscheint mir der Informationsanspruch aber vor allem deshalb, weil er in der Praxis häufig nicht verwirklicht werden kann (siehe Seite 53 ff.).
Kehren wir zur Problematik der Interessenskollisionen zurück, die wir soeben hinsichtlich »Schutz der Privatsphäre« contra »Informationsfreiheit« und »Akteneinsichtsrecht« contra »Amtsverschwiegenheit« erörtert haben. Beim Auskunftsrecht nach dem Datenschutzgesetz liegen die Dinge umgekehrt: Während beim Schutz der Privatsphäre ein Kompromiß zwischen schutzwürdigen Interessen des Individuums und den notwendigen Informationsbedürfnissen des Staates gefunden werden muß, erfolgt bei den Informationszugangsrechten eine Abwägung zwischen den beispielsweise aus der Sicht des Staates »schutzwürdigen« Daten und dem Recht des einzelnen zu erfahren (und damit kontrollieren zu können), wie der Staat mit den ihm mitgeteilten (möglicherweise unrichtigen) Informationen umgeht. Damit ist die Liste der Informationsgebote und -verbote noch nicht zu Ende: Kollisionen zum Datenschutz finden wir auch bei den Grundrechten auf Pressefreiheit (siehe Seite 30, 32) und Freiheit der Wissenschaft (siehe Seite 102).

Zum Begriff »Privatsphäre«

Kehren wir aber nochmals zu dem – wie mir scheint, zentralen – Begriff der Privatsphäre zurück. Was ist das eigentlich, die Privatsphäre? Intuitiv hat wohl jeder eine Vorstellung davon; nicht einfach ist es jedoch, den Begriff allgemein gültig zu definieren. »Da kommt man«, so Bernd Christian Funk, »als Jurist in Verlegenheit«. Das Verständnis der Privatheit der Person unterliege zudem einem gesellschaftlichen Wandel. Man könne aber davon ausgehen, daß unsere Rechtsordnung den Begriff Privatsphäre noch immer gemäß den Vorstellungen des politischen Liberalismus versteht: »Trennung von Gesellschaft und Staat, Autonomie des einzelnen gegenüber dem Staat« (Lit. 16).

In der Rechtsprechung österreichischer Höchstgerichte und der europäischen Rechtschutzorgane in Straßburg wird zwar in steigendem Ausmaß auf den die Achtung des Privat- und Familienlebens betreffenden Artikel der Europäischen Menschenrechtskonvention Bezug genommen, die spezifischen Einflüsse der elektronischen Datenverarbeitung wurden aber bislang kaum berücksichtigt (Lit. 17).

In der täglichen Praxis ist jedes Individuum bereit (manchmal sogar bestrebt), über sein Privatleben Auskunft zu geben. »Der nervus rerum liegt jedoch in der uneingeschränkten Freiheit des Bürgers auszuwählen, worüber er mit wem spricht. Er richtet sich bewußt oder unbewußt Kreise unterschiedlicher Informationsbeziehungen ein. Grob können dabei die Familie, der Freundes- und Bekanntenkreis sowie fremde Personen unterschieden werden. Im einzelnen kann und wird das Individuum jedoch auch innerhalb dieser Gruppen noch differenzieren und jeweils unterschiedlich viele und jeweils unterschiedliche Qualitäten von Informationen austauschen wollen« (Lit. 18).

Zur Freiheit des Individuums gehört also auch untrennbar die Freiheit, bestimmen zu können, wer Informationen aus der Privatsphäre erhält und wer nicht. Diese Freiheit schmilzt dahin, wenn das Individuum durch Gesetz – etwa bei einer Volkszählung – verpflichtet wird, immer weitergehende Informationen aus seinem privaten Bereich mitzuteilen und der private Bereich des einzelnen, sein Tun und Lassen, seine Einstellungen usw. zunehmend beobachtet, um nicht zu sagen: überwacht werden (häufig, ohne daß der einzelne darum weiß). Schon aus dem Bestellen eines Abonnements oder dem Kauf einer Ware über den Versandhandel lassen sich Rückschlüsse über den ganz persönlichen Interessenkreis und Lebensstandard ziehen. »Nur unter einem solchen Verständnis der Privatsphäre ist auch die mit fortschreitender Intensivierung der Datenverarbeitung immer dringlicher gewordene Forderung nach Datenschutz verständlich, denn die bloße Hergabe stört das Individuum noch nicht. Es will nur die verschiedenen Sphären seines privaten Lebensbereiches getrennt wissen und fürchtet – nicht ganz zu unrecht – , daß mit der Automatisierung der Informationsverarbeitung auch eine höhere Transparenz in die verschiede-

nen Datensammlungen einhergeht; und genau in dieser Verknüpfung der verschiedenen freiwillig gegebenen Einblicke in sein Privatleben sieht das Individuum eine Verletzung der Privatsphäre« (Lit. 19). Sogar die Telefonüberwachung am Arbeitsplatz stellt in gewissem Sinn einen Eingriff in die Privatsphäre der Betroffenen dar (siehe Seite 75).
Auf die Problematik des Verknüpfens von Daten zwecks Ermittlung von Persönlichkeitsprofilen oder zwecks »Rasterfahndung« kommen wir später noch zurück. Zur Begründung der Schutzbedürftigkeit persönlicher Daten ist die Möglichkeit ihrer Verknüpfung zunächst auch gar nicht notwendig: für jedermann einsichtig ist, daß Informationen, die ein Bürger dem Arzt, dem Geistlichen oder einem Wirtschaftstreuhänder übermittelt, vertraulich, d.h. schutzbedürftig sind (ähnlich wie Informationen, die der Staat seinen Beamten zur Bearbeitung überläßt, der Verschwiegenheit unterliegen). Zahlreiche Standesregeln und Verschwiegensheitgebote sind, so gesehen, datenschutzrelevante Bestimmungen. Schon längst ist es aber nicht mehr nur der Arzt, der »vertrauliche« Gesundheitsinformation besitzt; Krankenhäuser und Krankenkassen speichern Informationen über den Gesundheitszustand kranker wie gesunder Menschen millionenfach. Die ärztliche Schweigepflicht ist somit kein ausreichender Schutz mehr. Schon längst ist es nicht nur mehr der Beamte, der über den vertraulichen Inhalt von Akten Bescheid weiß; Techniker und EDV-Hilfspersonal können sich dieses Wissen in zunehmendem Ausmaß verschaffen (möglicherweise auch ohne einen »Beamteneid« abgelegt zu haben).

»Sensible« Daten

Mit den genannten Beispielen ist gleichzeitig aufgezeigt, welche Datenarten als besonders sensibel gelten können: weltanschaulich-religiöse, gesundheitsbezogene und eigentumsrelevante. Das österreichische Datenschutzgesetz spricht von »personenbezogenen« Daten, ohne diese im Gesetzestext näher zu definieren. Der Bericht des Verfassungsausschusses über die Regierungsvorlage zum Datenschutzgesetz zählt allerdings auf, was damit im einzelnen gemeint ist: beispielsweise Name, Geburtsdatum, Adresse, Geschlecht, Personenkennzeichen sowie Information über Religion, Gesundheit, Einkommen, Vermögen, Leumund, Lebensgewohnheiten, Intelligenzquotient, Umsatz, Gewinn, Beschäftigtenzahl und Bonität (Lit. 20).

Während der Schutz bestimmter Daten durch Standesregeln (Ärztegeheimnis, Anwaltsgeheimnis, Beichtgeheimnis usw.) seit vielen Jahrhunderten besteht, ist der generelle Schutz der Privatsphäre ein vergleichsweise neues Element der Rechtsordnung. Ein Markstein wurde diesbezüglich im Jahre 1890 durch die Veröffentlichung eines Artikel »Das Recht auf Privatsphäre« in der »Havard Law Review« gelegt. Zwei junge Juristen, Samuel D. Warren und Louis D. Brandeis (später einer der bedeutendsten Richter am Obersten Gerichtshof der Vereinigten Staaten) plädierten darin dafür, die Verletzung der Privatsphäre eines Staatsbürgers als unerlaubte Handlung zu betrachten, die vor Gericht wieder gut gemacht werden könne. In dem Artikel wurde darauf hingewiesen, daß verschiedene Neuerungen, besonders die Fotografie und die Zeitungen mit Massenauflage, neuartige schwere Gefahren für die Privatsphäre heraufbeschworen hätten. »Die Presse überschreitet«, so die Autoren, »in jeder Hinsicht die klaren Grenzen des Anstandes und der Schicklichkeit, der Klatsch ist nicht mehr die Beschäftigung der Faulen und Böswilligen, sondern er ist zu einem Gewerbe geworden, dem mit Eifer und Unverfrorenheit nachgegangen wird«. Warren und Brandeis vertraten die Meinung, daß sich daraus eine Grundlage für die formelle Anerkennung eines Rechtes auf die Privatsphäre und damit ein Schutz gegen die Massenmedien ableiten ließe. Historisch gesehen, verdanken wir also den Begriff der Privatsphäre den Auswüchsen der Pressefreiheit. Bis dahin waren es im wesentlichen Angriffe auf Leben und Eigentum, vor denen man sich durch Gesetz schützen wollte. Hier deutet sich ein weiterer Interessenkonflikt an, der im Hinblick auf den Schutz des Individuums von Bedeutung ist: Die gesetzlich garantierte Pressefreiheit gibt den Nachrichtenmedien im Interesse einer gut informierten Gesellschaft das Recht, Dinge zu veröffentlichen, die für die Bevölkerung von Bedeutung sind. »Dieser Grundsatz der Verfassung muß, um voll wirksam zu bleiben, unter Umständen auch gegen einen Bürger geltend gemacht werden, der durch eine falsche oder indiskrete Veröffentlichung geschädigt wurde und nun versucht, auf Ersatz des Schadens zu verklagen« (Lit. 21).

Demgegenüber formulierte ein US-Richter in einem Presseprozeß, das Recht, in Ruhe gelassen zu werden (»to be let alone«), sei wirklich der Anfang aller Freiheit. »Der moderne demokratische Staat kennt keine schwierigere Aufgabe, als den Kampf gegen den Drang nach übertriebener Publizität, ohne dabei eine Geheimniskrämerei zu fördern, die den Fluß der Informationen über Angelegenheiten des öffentlichen Lebens,

auf deren Diskussion die Lebensfähigkeit unseres politischen Systems im wesentlichen beruht, zum Versiegen zu bringen. Das gehört zu den zentralen Problemen, die sich bei jedem Versuch ergeben, Publizität, Vertraulichkeit und Demokratie unter einen Hut zu bringen« (Lit. 22).

Das Recht, »alleine gelassen zu werden«, kann auch als Eigentumsrecht bezeichnet werden: die private Sphäre eines Individuums ist gewissermaßen sein persönliches »Eigentum«, ein »immaterielles« Rechtsgut, das zu schützen ist – ähnlich wie geistiges Eigentum eines Erfinders durch das Patentrecht, oder eines Schriftstellers durch das Urheberrecht geschützt ist. »Die Freiheit der Person ist unverletzlich«, formuliert auch das deutsche Grundgesetz.

Konflikte zwischen Medienfreiheit und Schutz der Privatsphäre treten auch in der österreichischen Praxis immer wieder auf. So beschwerte sich ein Betroffener bei der Datenschutzkommission, ein Polizeibeamter habe ihn im Zusammenhang mit dem Verdacht einer strafbaren Handlung mit vollem Namen in einer Zeitung erwähnt, der Verdacht habe sich aber wenige Tage später als unbegründet erwiesen (wovon die Zeitung allerdings keine Notiz mehr nahm). Auch bei Unfällen werden häufig Namen und weitere personenbezogene Daten von Betroffenen veröffentlicht. Diese Praxis ist aber, so befand die Datenschutzkommission in einem Bericht an den Bundeskanzler, mit dem Grundrecht auf Datenschutz kaum vereinbar. Es müsse die Frage gestellt werden, ob in derartigen Fällen ein so überwertiges öffentliches Informationsinteresse gegenüber dem Datenschutzinteresse der Betroffenen angenommen werden dürfte, daß eine Berichterstattung unter voller Identifizierbarkeit aller Beteiligten tatsächlich gerechtfertigt sei (Lit. 23).

Aber: nicht selten lenkt Kritik an Medien, die vertrauliches Material publik machen, von anderen Mißständen ab: bevor beispielsweise eine Zeitung einen Verdächtigen mit vollem Namen erwähnen kann, muß ja erst der Polizeibeamte diesen weitergeben (womit er in der Regel das Datenschutzgesetz verletzt).

Die Interessenabwägung zwischen Datenschutz und Medienfreiheit ist somit eine ungemein delikate Angelegenheit, die wohl nur im Einzelfall mit hinreichender Klarheit diskutiert werden kann. Trotz der oben erwähnten Kritik der Datenschutzkommission ist aber festzuhalten, daß die Pressefreiheit in Österreich im Vergleich zu anderen demokratisch regierten Staaten (etwa den USA oder der Bundesrepublik Deutschland) in Gesetz und Rechtsprechung eher restriktiv gehandhabt wird. Das österreichische Mediengesetz knüpft allerdings Rechtsfolgen nur an solche Veröffentlichungen, die den Tatbeständen der üblen Nachrede, der Verspottung,

Verleumdung und Bloßstellung entsprechen; sie treten jedoch in der Regel dann nicht ein, wenn die Veröffentlichungen wahr sind. Vom Datenschutzgesetz sind die Medienunternehmen hinsichtlich der Bestimmungen zum automationsgestützten Datenverkehr ausgenommen (»Medienprivileg«).

Zentrale Dossiers werden geplant

Die gegenwärtige Diskussion um den Datenschutz – ein unglücklicher Begriff – ist somit nur einer unter mehreren Aspekten des Individualrechtes. Sie begann, als nationale Regierungen in den sechziger Jahren versuchten, bundesweite Datenzentren zu errichten. Bereits 1962 ließ die US-amerikanische Regierung Pläne zur Verbesserung des staatlichen Informationswesens ausarbeiten. Eine Kommission schlug 1965 vor, ein Nationales Datenzentrum zu errichten, mit welchem die verfügbaren Daten über die Bürger der Vereinigten Staaten zentral erfaßt und besser zugänglich gemacht werden sollten. Der »Große Bruder« George Orwells schien erstmals in konkreter Form aufzutauchen. Vordergründig wurden die Zentralisierungsabsichten durch die Interessen der Statistiker und Budgetplaner begründet, vor allem mit dem Argument der »Effizienzsteigerung«.
Politiker und Experten, allen voran Senator Edward V. Long, mobilisierten allerdings die Öffentlichkeit gegen diese Pläne. Es wurden Praktiken extensiver, politischer Überwachung in der Öffentlichkeit bekannt; so soll die amerikanische Armee Informationen über Millionen mißliebiger Personen gespeichert haben. Bei Kreditauskunfteien wurden Angaben über politische Ansichten und sexuelle Verhaltensweisen gefunden.
Es sollte nicht zum Nationalen Datenzentrum kommen; statt dessen wurde 1974 in den USA der »Privacy Act« erlassen, ein Gesetz zum Schutz der Privatsphäre, dessen Geltungsbereich sich auf die Bundesverwaltung erstreckte.
Das Orwell'sche Gedankengut spukte auch in den Köpfen mitteleuropäischer Politiker herum. In der BRD wurden Pläne für ein »Informationsbankensystem« ausgearbeitet. »Aus einem weitgehend gemeinsamen Bestand von Daten sollten sowohl Staat, Wissenschaft und Wirtschaft, als auch der einzelne Bürger Informationen gewinnen; alle Informationsträger und -vermittler der BRD sollten unter Einsatz der Technik einen rationellen Austausch der in Frage kommenden Informationen organisieren« (Lit. 24).
Auch dieser Traum vom gewaltigen Datenverbund ist ausgeträumt – in

der BRD trat 1978 ein Bundesdatenschutzgesetz in Kraft, das ein solches Informationsmonopol auch in Zukunft verhindern dürfte.
In Österreich wurde ein bundesweites Datenzentrum zwar nie offiziell geplant. Ansätze dazu wurden und werden aber sehr wohl diskutiert: am 28. Mai 1973 berichtete der damalige Innenminister Otto Rösch, daß man an der Einführung des Personenkennzeichens arbeite (Lit. 25). Es sollte ein elfstelliges, staatliches Personenkennzeichen eingeführt werden, dessen Basis die Sozialversicherungsnummer bildet, unter der damals bereits 5 Millionen Staatsbürger registriert waren; dieses Personenkennzeichen sollte nur einmal vergeben werden; zentrale Evidenzhaltung sei erforderlich, die Datenvermittlung vom Hauptverband der Sozialversicherungsträger an das Statistische Zentralamt sei vorgesehen; für Gemeinden sei eine stufenweise Einrichtung einer Bevölkerungsevidenz geplant. Später wurde anläßlich einer parlamentarischen Anfragebeantwortung mitgeteilt, es bestehe kein Interesse, ein alle Österreicher erfassendes Personenkennzeichen zu schaffen (in Schweden gibt es ein solches bereits). Felix Ermacora ist sich da nicht so sicher: »Es gibt Indizien«, so Ermacora, »daß man die Sozialversicherungsnummer als Basis für ein Personenkennzeichen nehmen wird« (Lit. 26). Auch die Datenschutzkommission kritisierte bereits die Tendenz, die Sozialversicherungsnummer als allgemeines Identifikationskriterium zu verwenden: Der Entwurf für das Formular zur Einkommensteuererklärung 1984 beispielsweise trägt auf Seite 1 neben Familien- und Vornamen auch eine Rubrik für die Sozialversicherungsnummer...
Auch bei der gegenwärtig aktuellen Diskussion um eine Novellierung des Meldegesetzes wurde mehrfach der Wunsch nach einem zentralen Melderegister geäußert. Die Tatsache, daß es bislang in Österreich kein nationales Datenzentrum mit umfassenden Bürgerdaten gibt, kann deshalb nicht darüber hinwegtäuschen, daß Zentralisierungstendenzen nach wie vor vorhanden sind. Abgesehen davon, ist eine Vorstufe zum nationalen Datenzentrum durch das »Zentrale Ausweichsystem« (Seite 71) verwirklicht; das Bundesrechenamt beherbert eine Datenfülle, die dem »Großen Bruder« zur Ehre gereichen würde: die Gemeinde Wien betreibt ein regionales Datenzentrum mit über 100 Dateien (siehe Seite 64), und umfassende personenbezogene Daten über praktisch alle Bauern Österreichs sind in einer zentralen Datenbank gespeichert (siehe Seite 62).

Mißbräuchliche Kreditauskunft

Das Bestreben von Bundesbehörden, Wissensmonopole einzurichten, war aber nur ein Motor für die Gegenströmung, die Entstehung von Datenschutzgesetzen. Der zweite ergab sich im wesentlichen aus mißbräuchlichen Praktiken bei der Kreditauskunft. Nach dem Zweiten Weltkrieg nahm die Kreditwirtschaft, vor allem in den Vereinigten Staaten, einen ungeheuren Aufschwung. Sie hat heute kaum mehr Ähnlichkeit mit jener der Gänsekielära, als Bankleiter und Ladeninhaber aus der Nachbarschaft auch persönlich mit der wirtschaftlichen Lage eines jeden ihrer Kunden vertraut waren und aufgrund dieser Kenntnis eine Finanzierung übernehmen oder auch ablehnen konnten. Bereits Anfang der siebziger Jahre erreichte das Kreditvolumen im Bereich der USA 100 Milliarden Dollar pro Jahr. In Europa war eine ähnliche Entwicklung zu beobachten; allerdings spielt der Konsumentenkredit hier vergleichsweise eine geringere Rolle als in den Vereinigten Staaten.

Gerade bei Auskünften über Privatpersonen hinsichtlich ihrer Bonität wurden in den Vereinigten Staaten besonders krasse Mißstände aufgedeckt. Viele Auskunfteien bedienten sich sogenannter Außendienst-Investigatoren, um Informationen über Status und Ruf eines Menschen innerhalb einer Wohngemeinde zusammenzutragen. »Wie zu erwarten ist, enthalten die von ihnen eingereichten Berichte über Dritte Klatschgeschichten und vorschnelle Urteile aufgrund flüchtiger Unterhaltungen mit Nachbarn, Vermietern, Arbeitgebern und ›Freunden‹. Die Gespräche werden von spärlich bezahlten, oft taktlosen Hilfskräften geführt. Von diesen Investigatoren verlangt man außerdem oft eine gewisse Anzahl von Erkundigungen pro Monat und pro Woche. Diese ›Quoten‹ sind meistens so hoch, daß man kaum an eine sorgfältige Untersuchung glauben kann, und es gibt zahlreiche Anzeichen dafür, daß es in einigen Fällen überhaupt zu keiner Außenarbeit gekommen ist ... Man braucht sich z.B. nur einen tatsächlich erteilten Kautionsbericht anzusehen, der von der Retail Credit Company erstellt und später dem Unterausschuß des Repräsentantenhauses über Verletzungen der Privatsphäre vorgelegt worden war. Der im Bericht Betroffene, ein Oberstleutnant der Armee, wurde wie folgt beschrieben: ›Ein leicht aufbrausender, unverständiger und ungehobelter Mann, der seinen Rang mißbraucht und nicht als gefestigte Persönlichkeit betrachtet werden kann. Man weiß, daß er in der Nachbarschaft von Fort Hood umherschweifte und auf Vieh schoß, das Bauern gehörte, die ihre Weidefläche von der Armee gepachtet hatten‹« (Lit. 27).

Als Reaktion auf solche Mißbräuche wurde in den Vereinigten Staaten

1971 der »Fair Credit Reporting Act« (Gesetz gegen mißbräuchliche Kreditauskunft) verabschiedet. Die Intervention der US-Legislative erfolgte also zuerst dort, wo es am dringlichsten erschien. Erst unter dem Eindruck der Watergate-Affäre entstand auch das Bedürfnis, den öffentlichen Bereich mit detaillierten Datenschutzbestimmungen zu belegen (»Privacy Act«). Beim Datenschutz ist also – das zeigen fast alle nationalen Datenschutzgesetze – zwischen »öffentlich« und »privat« zu unterscheiden.

Aufgaben des Datenschutzes

Aus diesen Erfahrungen entwickelte sich das Aufgabenspektrum des Datenschutzes: Schutz des Bürgers vor der uneingeschränkten Speicherung, Weitergabe und Verknüpfung personenbezogener Daten sowie seine Unterrichtung über die von ihm geforderten Informationen. Datenschutzgesetze sollen somit in erster Linie die Bürger schützen und nicht die Daten (letzteres wird Datensicherung genannt). In diesem Sinne verabschiedete der Ministerrat des Europarates 1973 und 1974 Resolutionen mit grundsätzlichen Forderungen zum Datenschutz. Diese beruhen im wesentlichen auf folgenden Prinzipien:

1. Grundsatz der Verstärkung der Rechtsstellung des Betroffenen: der Bürger hat ein Recht auf Benachrichtigung, falls eine Datei Informationen über ihn enthält; er hat einen Auskunftsanspruch; er hat darüber hinaus ein Recht auf Richtigstellung oder sogar Tilgung von Fehlinformationen.
2. Grundsatz der Übermittlungsbeschränkung: eine Übertragung personenbezogener Daten an Dritte ist oft nicht gestattet, außer bei ausdrücklicher Zustimmung des Betroffenen. In vielen Fällen ist die Übertragung personenbezogener Daten ins Ausland genehmigungspflichtig oder nur dann gestattet, wenn das Empfängerland die Daten gleichermaßen schützt.
3. Grundsatz des Vorliegens einer gesetzlichen Ermächtigung zur Verarbeitung personenbezogener Daten (Zweckbestimmungsgrundsatz): das Sammeln, Halten und Verteilen von Informationen über Rasse, politische und religiöse Ansichten ist mit wenigen Ausnahmen nicht gestattet.
4. Grundsatz der Fremdkontrolle (Schaffung von Datenschutz-Verwaltungsorganen).
5. Grundsatz der Einführung von Standesregelungen für EDV-Personal.
7. Grundsatz der Veröffentlichung (jährliche Berichte in die Parlamente werden vorgesehen).

Sieht man von diesen Grundsätzen ab, die in den nationalen Datenschutzgesetzen mehr oder weniger deutlich verwirklicht sind, gibt es im einzelnen doch sehr unterschiedliche Regelungsmodelle. Die Gesetze unterscheiden sich zunächst hinsichtlich ihres Geltungsbereichs (ausschließlich automatisierte Datenverarbeitung – alle Datensammlungen; Kriterium der Wiederauffindbarkeit personenbezogener Daten). Die skandinavischen Staaten und Österreich entschieden sich für ein Lizenzsystem, das die Verarbeitung personenbezogener Daten von einer behördlichen Genehmigung abhängig macht (siehe Seite 42), Österreich wählte ein Anmeldesystem mit Elementen des Lizenzprinzips, während in der BRD inhaltliche Regeln über die Zulässigkeit einer Datenverarbeitung aufgestellt und entsprechende Kontrollinstanzen eingerichtet wurden. Manche Gesetze beschränken sich auf den öffentlichen bzw. privaten Bereich der Teile derselben, andere (wie das österreichische) versuchen, die Materie umfassend zu regeln. Österreich scheint übrigens bislang der einzige Staat zu sein, wo neben natürlichen auch juristische Personen dem Datenschutzgesetz unterworfen sind.

Die Privatsphäre läßt sich nicht vollständig verdaten

Es würde zu weit führen, an dieser Stelle die Erfahrungen mit den unterschiedlichen Regelungsmodellen vergleichend bewerten zu wollen. Ein rechtswissenschaftlicher Vergleich wäre auch wenig sinnvoll, da meist erst die Praxis Aufschluß gibt, ob ein Gesetz die gestellten Erwartungen erfüllt. Ob das für Österreich zutrifft, wird in den nächsten Kapiteln erörtert. Zuvor soll aber noch auf eine wesentliche Eigenschaft der automationsunterstützten Datenverarbeitung hingewiesen werden, die in der öffentlichen Diskussion bislang wenig Beachtung fand und die zur Frage führt, ein wie genaues Abbild der Wirklichkeit Daten ermöglichen, die zum Zwecke der EDV-Verarbeitung aufbereitet wurden.
Die automatisationsunterstützte Verarbeitung von Informationen erfordert nämlich, diese zu »formalisieren«, das heißt, alle Angaben, die mittels Computer verarbeitet werden sollen und alle Verarbeitungsvorgänge in eine bestimmte Form (»Datenformat«) zu bringen, die durch technische Gegebenheiten festgelegt ist. »Der Rechner kann nur annehmen, vergleichen, weiterleiten und ausgeben, was ihm in der Weise eingegeben wird, die seiner Konstruktion und Programmierung entspricht« (Lit. 28).
Mit anderen Worten: jede Information wird in ein computergerechtes Ge-

rüst gezwungen, das keinen Raum für unvorhergesehene Besonderheiten, Nebenbedeutungen und Untertöne läßt. Auch das Umfeld einer »Nachricht« geht dabei zwangsläufig verloren. Dieser Vorgang der Reduktion ist vor allem im Bereich der mathematischen Wissenschaft verbreitet und dort auch berechtigt.

Die Privatsphäre eines Menschen zu formalisieren, dürfte dagegen schlechterdings unmöglich sein. Was die von der Datenverarbeitung geforderte Reduktion bewirkt, beschreibt der frühere deutsche Bundesbeauftragte für den Datenschutz, Hans Peter Bull: »Wenn die Polizei oder ein Nachrichtendienst Angaben über Verdächtige sammelt, und dabei die Art des Verdachts und die vermutete Beteiligung nicht sauber differenziert, dann werden Straftäter und politische Extremisten, Hauptbeteiligte und bloße Mitläufer, eigentlich Gesuchte und ›Sympathisanten‹ miteinander vermengt. Die Tendenz dazu ist vorhanden. Besonders problematisch ist die in der Polizeipraxis verwendete Kategorie der ›Kontaktpersonen‹. Ein Straftäter hat wie jedermann viele Kontakte zur Umwelt: zu seiner Familie, zu seinen Freunden (und vielleicht Mittätern), aber auch zu Lebensmittelhändlern, Tankwarten, Ärzten und Rechtsanwälten, Wohnungsgebern, Reisebegleitern und Beichtvätern mit und ohne Kutte. Schon die Freunde müssen keineswegs Komplicen sein, erst recht nicht Verwandte und Bekannte. Ihre Zusammenfassung unter dem stigmatisierenden Begriff ›Kontaktpersonen‹ (wobei jeder an Terrorismus denkt, weil dort zuerst davon die Rede war), ist äußerst bedenklich« (Lit. 29).

Fraglich ist somit, ob formalisierte Angaben die ganze Vielfalt der relevanten Merkmale eines Sachverhaltes erfassen können. So gilt es beispielsweise als kreditmindernd, wenn gegen jemand ein Mahnbescheid ergeht. Die Tatsache, daß ein Mahnbescheid erlassen wurde, bedeutet in vielen Fällen überhaupt nichts für die Kreditfähigkeit des Betroffenen. Ähnliches gilt, wenn durch die Verknüpfung von unterschiedlichen Daten aus der Privatsphäre eines Menschen ein »Persönlichkeitsprofil« erstellt wird. Der französische Gesetzgeber war sich dieses Umstandes wohl bewußt, formulierte er doch im Datenschutzgesetz folgende Bestimmung: »Keine Entscheidung, die eine Bewertung eines menschlichen Verhaltens enthält, darf ausschließlich auf einem durch automatisierte Datenverarbeitung erstellten Persönlichkeitsprofil des Betroffenen beruhen«; Richter sollen sich überhaupt nicht auf Auskünfte aus automatisierter Datenverarbeitung stützen.

Genau das Verknüpfen von Daten unterschiedlicher Herkunft ist aber ein springender Punkt in der Datenschutzdiskussion: Die EDV-Technik ruft geradezu danach, solche Verknüpfungen vorzunehmen. Die Polizei hofft, durch Persönlichkeitsprofile, Bewegungsbilder und Rasterfahndung die

Verbrechensbekämpfung effizienter zu gestalten; der Unternehmer möchte durch Leistungsprofile Entscheidungsgrundlagen zur Erhöhung der Produktivität der Arbeiter und Angestellten erlangen; der Politiker verknüpft statistische Daten, um Prognosen zu erstellen, die als Grundlagen für politische Weichenstellungen dienen sollen usw. Die Vorstellung einer unabsehbaren Vielzahl von Verknüpfungsmöglichkeiten ist jedoch, so Hans Peter Bull, mit Recht vielen unheimlich. Die Sorge, daß Datenbestände verschiedenster Stellen zur Überwachung der Bürger und Kunden zusammengeführt werden, sei ja nicht aus der Luft gegriffen. Rechtliche Einschränkungen der Datennutzung und diesbezügliche Kontrollen seien daher Bedingungen der Akzeptanz neuer Informationstechniken.
Vergessen wir schließlich nicht, daß ein wesentliches Problem auch in der Qualität der Information liegt, derer sich Absender wie Empfänger im Verkehr miteinander bewußt sein müssen. Oft hängt der Wert einer Information davon ab, wer sie hat, wer sie nicht hat, oder was aufgewendet werden muß, um die Information im Bedarfsfall zu beschaffen, die Verfügbarkeit rechtzeitig sicherzustellen oder die Daten vor fremdem Zugriff zu sichern. »Noch wird selten zwischen den qualitativen Ebenen von ›Daten‹, ›Information‹, ›Wissen‹ und ›Weisheit‹ unterschieden, und doch herrschen zwischen ihnen ebensoviele Unterschiede und Verknüpfungen, wie zwischen einzelnen Getreidekörnern, Mehl, Brot und der geschmackreichen Erinnerung an ein herrlich duftendes Frühstücksgebäck.
Daten sind somit der Rohstoff – Information ist das Ziel. Die ernsthaftesten Probleme ergeben sich aber oft, wenn das nicht bewußt ist und Ursache und Wirkung bei der Kommunikation mit einander vertauscht oder verwechselt werden« (Lit. 30).

Der Computer vergißt nicht

Problematisch ist aber nicht nur der »Wahrheitswert« einer formalisierten Information bzw. der Verknüpfung von formalisierten Daten, sondern auch die Tatsache, daß der Computer grundsätzlich nicht vergißt (es sei denn, man zwingt ihn aufgrund eines Programms dazu). Wir alle leben doch (hoffentlich) von der Vorstellung, daß sich Menschen im Laufe ihres Lebens ändern, nach Möglichkeit zum Besseren. Die EDV-Speicherung von in der Vergangenheit erhobenen Daten führt aber notwendigerweise zu Persönlichkeitsbildern, die statisch und daher nach einer gewissen Zeit nicht mehr zutreffend, weil veraltet, sind. Der Computer drückt jedem Menschen somit die Schatten seiner Vergangenheit als beinahe unverrückbaren Stempel auf (auch in anderer Hinsicht ist der Computer ein durch und durch konservatives Element (siehe Seite 15). Ich würde mich nicht wundern, wenn diese Tatsache etwa für vorbestrafte oder »polizeibekannte« Menschen geradezu ein Hindernis wird, an sich zu arbeiten, mit dem Argument, »es habe ja ohnehin keinen Sinn«; weil eine Änderung des Menschen vom Computer nicht zur Kenntnis genommen würde, die EDV-Daten aber in vielen Fällen Entscheidungsgrundlage sind, brauche man sich gar nicht erst zu bemühen.

Die gegenwärtig fortschreitende Verdatung der Gesellschaft ist also – aus den Eigenheiten der EDV-Technik heraus – auch dann problematisch, wenn die bestehenden Datenschutzgesetze in optimaler Weise verwirklicht wären. Bernd Lutterbeck ist der Ansicht, der Computer erzeuge aufgrund seiner unveränderbaren Eigenschaften »zwangsläufige Wirkungen in der Realität«, die sich als Veränderung individueller psychischer Strukturen und der Art, wie Menschen Realität verarbeiten, manifestieren. Er wirke »in Richtung einer Modellierung unseres Triebhaushaltes« (Lit. 31).

Je mehr Technik in unser Leben eingreift, um so weniger hat Spontanes, Widersprüchliches oder sogar Willkürliches Platz. An die Stelle der Farben treten das Schwarz und Weiß, die 0 und 1 der digitalen Herrschaft.

Datenschutz in 59 Paragraphen?

Nach beinahe zehnjähriger Vorbereitungszeit trat am 1. Jänner 1980 das österreichische Datenschutzgesetz (abgekürzt DSG) in Kraft (Lit. 32). Es wurde anfangs als »Markstein«, ja sogar als »Jahrhundertwerk« hochgelobt; kurze Zeit später war jedoch bereits klar, daß das Gesetz novellierungsbedürftig ist. Seither wird an Änderungen gebastelt.
Der Anstoß zu dem Gesetz ging von der Regierungserklärung 1971 aus, in der festgestellt wurde, daß der zunehmende Einsatz des Computers in der Bundesverwaltung nur Hand in Hand gehen könne mit Regeln über den Schutz und die Sicherheit von Daten. Nach mehrjährigen Vorarbeiten im Verfassungsdienst des Bundeskanzleramtes, nach einer Regierungsvorlage und einem Initiativantrag der ÖVP im Nationalrat 1974 beschäftigte sich schließlich der Verfassungsausschuß des Nationalrates mit Fragen des Datenschutzes. Langwierige parlamentarische Beratungen folgten. Das Gesetz wurde 1978 einstimmig vom Nationalrat verabschiedet.
Parallel dazu wurden das Bankgeheimnis und das Versicherungsgeheimnis neu formuliert. Das erstere verpflichtet die Kreditunternehmungen und die bei ihnen tätigen Personen, im Geschäftsverkehr mit dem Kunden Vorschriften der Geheimhaltung zu beachten. Auch im Versicherungsaufsichtsgesetz wurden entsprechende Bestimmungen verankert. Der Geheimhaltungspflicht sind demnach grundsätzlich alle Informationen unterworfen, die im Zusammenhang mit einem Bankgeschäft oder einem Versicherungsvertrag stehen und nicht aus öffentlichen Quellen (z.B. dem Grundbuch) ersichtlich sind. Die Geheimnispflicht entfällt im Zusammenhang mit gerichtlichen Strafverfahren (Strafgericht, Finanzstrafbehörden) bzw. wenn der betreffende Kunde ausdrücklich und schriftlich einer Auskunftserteilung zugestimmt hat.

Das Grundrecht auf Datenschutz

Das österreichische Datenschutzgesetz sieht Datenschutz zunächst auf zwei Ebenen vor: mit einer Verfassungsbestimmung wird ein Anspruch auf Geheimhaltung von personenbezogenen Daten geschaffen, an denen ein schutzwürdiges Interesse besteht. Dieses Grundrecht betrifft alle Datenarten, und nicht nur solche, die automationsunterstützt verarbeitet werden.
Das Grundrecht auf Datenschutz gilt freilich nicht unbegrenzt: Ausnah-

men sind zulässig »zur Wahrung berechtigter Interessen eines dritten« oder auf Grund von Gesetzen, »die in einer demokratischen Gesellschaft zur nationalen Sicherheit, öffentlichen Ruhe und Ordnung, zum wirtschaftlichen Wohl des Landes, zur Verteidigung der Ordnung und zur Verhinderung von strafbaren Handlungen oder zum Schutz der Gesundheit und der Moral notwendig sind« (diese Formulierung entspricht inhaltlich dem Artikel 8 der Europäischen Menschenrechtskonvention).
Schon aus diesem Wortungetüm ist ersichtlich, daß im konkreten Einzelfall beträchtlicher Spielraum übrig bleibt, zu bestimmen, was an der Privatsphäre eines Menschen schutzwürdig ist und was nicht. Im Zweifel, sagt die Verfassungsbestimmung allerdings unmißverständlich, ist der vertraulichen Behandlung personenbezogener Daten Vorrang zu geben.
Auf Grundrechte des Menschen bezugnehmende Gesetze klingen meist schön, aber gleichzeitig leer; zu »leben« beginnen sie erst, wenn ordentliche Gerichte im Einzelfall die Konkretisierung besorgen. Bis heute hat es in Datenschutzfragen – von wenigen Ausnahmen sowie Berichten der Datenschutzkommission abgesehen – keine Gerichtsverfahren gegeben, bei denen es um Grundsätzliches geht. Offenbar hält es kaum jemand der Mühe wert, sein Grundrecht auf Datenschutz auf diese Weise aktiv zu verteidigen. Bis auf weiteres bleibt somit das Grundrecht auf Datenschutz ein Stück Papier – schön, aber leer.

EDV-Datenschutz

Ein an Paragraphen reichlich versehener Teil des Datenschutzgesetzes betrifft Daten, die automationsunterstützt verarbeitet werden. Eine Verfassungsbestimmung statuiert ein Recht auf Auskunft, Richtigstellung und Löschung: jedermann hat demnach das Recht zu erfahren, wer Daten über ihn übermittelt oder verarbeitet, woher diese Daten stammen, welcher Art und welchen Inhalts sie sind und wozu sie verwendet werden. Wenn jemand dieses Auskunftsrecht in Anspruch nimmt und feststellt, über ihn gespeicherte Daten seien unrichtig oder auf unzulässige Weise ermittelt oder verarbeitet, so kann er deren Richtigstellung bzw. Löschung verlangen.
Angesichts dieser streng erscheinden Formulierung könnte man zunächst meinen, es sei alles in bester Ordnung: die den Bürgern eingeräumten Auskunfts- und damit Kontrollrechte würden in der Praxis schon dafür sorgen, daß den Datenverarbeitern auf die Finger geschaut wird. Diese Annahme ist von der Wirklichkeit allerdings meilenweit entfernt – der

Teufel liegt, wie so oft, im Detail; doch davon später. Grundsätzlich räumt uns das Datenschutzgesetz eine ganze Menge Rechte ein. Nochmals: das Grundrecht auf Datenschutz gilt für alle personenbezogenen Daten (mit den oben angeführten Einschränkungen), das Auskunfts-, Richtigstellungs- und Löschungsrecht jedoch nur für automatisationsunterstützt verarbeitete Daten.
Bei der Regelung des automatisationsunterstützten Datenverkehrs unterscheidet das Gesetz wieder zweierlei, den öffentlichen und den privaten Bereich. Für beide gilt: wer immer personenbezogene Daten EDV-mäßig verarbeitet, hat sich beim sogenannten Datenverarbeitungsregister anzumelden, einer eigens für diesen Zweck beim Österreichischen Statistischen Zentralamt errichteten Institution. Der Gesetzgeber bedient sich dabei des schon auf der Seite 36 erwähnten Anmeldesystems: er will gewährleisten, daß nur dann Personendaten computerisiert werden, wenn bestimmte Voraussetzungen zutreffen: Datenverarbeiter im öffentlichen Bereich müssen eine ausdrückliche gesetzliche Ermächtigung oder zumindest ein berechtigtes Interesse vorweisen, Private brauchen kein Gesetz, sind aber an den »berechtigten Zweck des Rechtsträgers« gebunden, damit sie Daten ermitteln und übermitteln dürfen. Auf diese Weise soll einer EDV-Willkür Einhalt geboten werden. Das Register für Datendrang gibt jedem Verarbeiter eine Registernummer (DVR-Nummer), die angeführt werden muß, wenn personenbezogene Daten übermittelt werden.

Herbe Juristen-Kritik

Damit ist die Struktur des Datenschutzgesetzes in groben Zügen beschrieben. Im Detail ist alles allerdings viel komplizierter. Das Gesetz ist, stellt Univ.Prof. DDr. Walter Barfuß fest, auf weiten Strecken – auch einem theoretisch und praktisch ganz gut ausgebildeten Juristen – unverständlich; es »hält sich nicht an seine eigenen Definitionen, die Definitionen sind, sofern sie nicht überhaupt fehlen, teilweise widerspruchsvoll, zumindest unklar, und das Gesetz ist in manchen Partien geradezu laienhaft formuliert... Worum es wirklich geht, was geboten und was verboten ist, kann der außenstehende Jurist, vom ›normalen‹ Staatsbürger gar nicht zu reden – weder den Gesetzesblättern noch den Erläuterungen entnehmen; jedenfalls dann nicht, wenn es um die für die Praxis entscheidenden Details geht; allzuviel ist offen und unklar« (Lit. 33).
Auch der Vorstand des Instituts für öffentliches Recht an der Universität Graz, Univ.Prof. Dr. Bernd-Christian Funk, beklagt die »hastige, unprä-

zise Redaktion des Textes«; unübersehbar sei die besondere Häufung von Problemen, die sich bei Auslegung und Anwendung des Gesetzes ergeben. Die Rechtsbegriffe »öffentlich« und »privat« seien nicht definiert; der Gesetzgeber leiste sich »fürwahr ein munteres Verwirrspiel mit Begriffen« (Lit. 34).
Folgt man der Kritik der Juristen ins Detail, ergeben sich zahlreiche Probleme, von denen einige in diesem Buch an anderer Stelle beschrieben sind. Hier geht es in erster Linie darum, den Inhalt des Gesetzes in seinen Grundzügen klar zu machen. Dabei müssen allerdings – darauf sei deutlich verwiesen – im Interesse der Knappheit und Verständlichkeit so manche Unschärfen in Kauf genommen werden.

Datenschutz bei Behörden und Betrieben

Kehren wir wieder zum Gesetzestext zurück: es gibt also einen öffentlichen Bereich und einen privaten. Im öffentlichen Bereich dürfen Daten zum Zwecke des automatisationsunterstützten Datenverkehrs nur ermittelt und verarbeitet werden, wenn dafür eine ausdrückliche gesetzliche Ermächtigung besteht oder »soweit dies den Auftraggebern zur Wahrnehmung der gesetzlich übertragenen Aufgaben eine wesentliche Voraussetzung« bildet. Der Gesetzgeber unterscheidet weiters zwischen »Verarbeitung« und »Übermittlung« und bindet die Zulässigkeit von Übermittlungen an weitere Voraussetzungen, die hier nicht im Detail aufgezählt werden sollen (§ 7 DSG). Was konkret übermittelt werden darf, ist im einzelnen in anderen Gesetzen und Verordnungen bereichsspezifisch zu regeln. Univ. Prof. Dr. Felix Ermacora: »Das Datenschutzgesetz bietet hier keine Hilfe, sondern der Materiengesetzgeber macht das Seine aus dem Datenschutz« (Lit. 35).
Sehen wir uns die Formulierung näher an, die dem öffentlichen Auftraggebern automatisationsunterstützte Datenverarbeitung erlaubt. Sie ist »ein Musterbeispiel dafür, wie sehr die Praxis mit überflüssigem und wertlosem, bloß scheinbar fortschrittlichem Rechtsstaatzierat belastet wird« (Lit. 36).
Klar wäre gewesen, so Rechtsanwalt Barfuß, wenn der Gesetzgeber sich darauf beschränkt hätte, den Datenverkehr an eine ausdrückliche gesetzliche Ermächtigung zu binden. Indem er als Alternative zuläßt, die Datenverarbeitung müsse zur Wahrnehmung der dem Auftraggeber gesetzlich übertragenen Aufgaben eine wesentliche Voraussetzung bilden, führt er eine Ermessensfreiheit ein, die diese Bestimmung in der Praxis zum Gum-

miparagraphen degradiert (siehe Seite 70). »Mit dieser aushilfsweisen Regelung«, so interpretiert Bernd-Christian Funk, »soll sichergestellt werden, daß Bedürfnisse nach EDV-mäßiger Verarbeitung in der Verwaltung nicht deswegen blockiert werden, weil zufällig dafür keine ausdrückliche gesetzliche Regelung besteht. In der Praxis wird aus dieser Notlösung allerdings eine Dauerlösung ge? macht – das Gesetz über das land- und forstwirtschaftliche Betriebsinformationssystem beispielsweise schützt vorder? gründig zwar den einzelnen, öffnet aber in Wahrheit dem Be? lieben der Stellen, die mit Daten umgehen, fast schrankenlos Tür und Tor« (Lit. 37, siehe Seite 62).

Auch Ermacora ist der Ansicht, die Datenschutzidee werde durch die Rechtspraxis ausgehöhlt: »Ich würde sagen, die Datenschutzidee sinkt zu einer Formalinformation herab und bietet keinen Schutz«. Doch damit nicht genug. Das Datenschutzgesetz sieht im öffentlichen Bereich explizit eine Reihe von Ausnahmen vor, wo die Meldepflicht beim Datenverarbeitungsregister und das Auskunftsrecht keine Anwendung finden. Hier gilt zwar rein theoretisch das Grundrecht auf Datenschutz weiterhin, seine Einhaltung kann vom Einzelnen allerdings so gut wie nicht kontrolliert werden. Besonders problematisch ist, daß sich diese Ausnahmen genau auf diejenigen Daten beziehen, die als besonders »sensibel« gelten, nämlich auf Daten, die notwendig sind:

1. Für Zwecke des Schutzes der verfassungsmäßigen Einrichtungen der Republik Österreich und für Zwecke der Strafrechtspflege,
2. für Zwecke der Sicherung der Einsatzbereitschaft des Bundesheeres und
3. für Zwecke der umfassenden Landesverteidigung.

Die Intention ist klar: Die Informationsverarbeitung der Sicherheitsbehörden und der Landesverteidigung soll nicht offengelegt werden. Der Staat glaubt, ein Recht auf Geheimhaltung zu haben, ähnlich wie der Einzelmensch mit Hinblick auf seine Privatsphäre (siehe Seite 26). Fraglich ist allerdings, ob in Folge dieser informationsrechtlichen Privilegien nicht potentiell jede staatspolitische Informationsarbeit zur Ausnahme gemacht werden kann: »Daten über politische Aktivitäten der Bürger«, so Professor Funk, »lassen sich hier ebenso gut bringen, wie z.B. Daten über den Gesundheitszustand, Reisetätigkeiten, Ausbildungsgang, Freizeitgewohnheiten und andere mehr«. Die Ausnahmebestimmungen werden unter anderem mit dem Hinweis gerechtfertigt, wer eine weiße Weste habe, brauche ohnehin nichts zu befürchten; Kriminelle könnten dagegen ein Auskunftsrecht – falls es bestünde – mißbrauchen und dies sei nicht wünschenswert. Mit anderen Worten: der Bürger muß dem Beamten der Polizei und der Landesverteidigung vertrauen, daß diese sich an den Geist des Datenschutzgesetzes halten – kontrollieren kann er die Einhaltung des Gesetzes nicht (zwar steht die Datenschutzkommission auf dem Standpunkt, sie könne anstelle des Betroffenen Einsicht nehmen, ich bezweifle allerdings, daß eine derartige Kontrolle wirksam funktioniert). »Gegenüber der technisch vermittelten Situation, daß derjenige, der Zugang zur Zentraleinheit von Datenverarbeitungsanlagen und deren Datenspeichern besitzt, nahezu unkontrolliert alle Schutzvorschriften umgehen kann«, faßt der deutsche Rechtswissenschafter Univ.Prof. Dr. Adalbert Todlech ein heißes Eisen an, »ist Vertrauen auf die durchschnittliche Rechtmäßigkeit von Behördenverhalten eine für die Freiheitsspielräume der zukünftigen Generationen tödliche Fehlhaltung« (Lit. 38).

Die Ausnahmeregelung für Polizei und Militär bleibt allerdings auch dann problematisch, wenn man vertraut, daß der Datenschutz-Freiraum nicht absichtlich mißbraucht wird. Nehmen wir an, daß durch einen Irrtum Daten über eine unbescholtene Person in den Polizeicomputer gelangt sind, die etwa auf eine strafrechtliche Verurteilung, Verdacht auf Suchtgiftmißbrauch oder Kontakt zu Terroristen hinweisen (solche Irrtümer sind bei unbeabsichtigten Namensverwechslungen ohne weiteres möglich und kommen vor). Der Betreffende wird – da er unbescholten ist – natürlich keineswegs annehmen, daß über ihn Unrichtiges gespeichert ist. Aus dieser Situation kann ihm aber konkreter Schaden erwachsen, ohne daß er je die Hintergründe erfährt: gesetzt den Fall, er bewirbt sich als Lehrer an einer öffentlichen Schule, kann es immerhin passieren, daß die Bewerbung abgelehnt wird, weil die Schulbehörde im Wege der Amtshilfe unrichtige Daten ausgehoben hat und daher auf eine Anstellung verzichtet.

Bernd-Christian Funk nennt noch ein anderes Beispiel, wo die der Polizei zugestandene Ausnahmeregelung zu sehr unliebsamen Ergebnissen führen kann: »Ich denke etwa an die Situation, daß bei einer öffentlichen Demonstration Teilnehmer an dieser Demonstration, aber vielleicht auch unbeteiligte Personen, festgenommen werden, einer erkennungsdienstlichen Behandlung zugeführt werden und diese Daten bei der Polizei EDV-mäßig gespeichert werden. Nehmen wir an, im nachhinein stellt sich heraus, daß die Festnahme nicht gerechtfertigt war. Jetzt liegt es nahe, zu erwarten, daß der Betroffene die Möglichkeit hat, zu verlangen, daß die Daten aus den Datenbeständen verschwinden. Genau das kann er aber nicht, weil das Polizeiprivileg im Datenschutzrecht seine Ansprüche auf Auskunft, Löschung und Richtigstellung behindert« (Lit. 39).

Übrigens: solche Ausnahmen vom Auskunftsrecht sind im privaten Bereich nicht vorgesehen. Hier gilt in jedem Fall das Recht auf Auskunft,

Richtigstellung und Löschung. Das ist für mich ein Beweggrund für das Argument, die Probleme des Datenschutzes seien im öffentlichen Bereich gravierender als im privaten (dafür werden im folgenden Kapitel zahlreiche Belege angeführt).
Auch der private Bereich ist im österreichischen Datenschutzgesetz ausführlich geregelt. Hier geht es in der Praxis in erster Linie um die Kontrolle über elektronische Datenverarbeitung am Arbeitsplatz und in der Wirtschaft allgemein. Automatisationsunterstützte Verarbeitungen personenbezogener Daten sind im privaten Bereich nur zulässig, wenn sie im rechtlich anerkannten Unternehmensgegenstand ihre Deckung finden und wenn dabei schutzwürdige Interessen der Betroffenen beachtet werden. Übermittlungen dürfen nur erfolgen, soweit sie zum Unternehmensgegenstand des Auftraggebers gehören, zum Beispiel im Falle eines Reisebüros, bei welchem eine Reservierung getätigt wurde und das diese Daten an ein Hotel übermittelt. Eine Übermittlung ist auch dann zulässig, wenn der Betroffene ausdrücklich schriftlich zugestimmt hat, oder wenn sie zur Wahrnehmung überwiegender berechtigter Interessen eines dritten (der nicht notwendig der Empfänger sein muß) erforderlich ist.
Wie schon auf Seite 42 erwähnt wurde, müssen auch private Auftraggeber das Datenverarbeitungsregister informieren, das heißt eine Registrierungseingabe machen; sie können aber auch anstelle der Registrierung unter bestimmten Bedingungen Datenverarbeitungen vornehmen, soferne die davon Betroffenen verständigt werden.

Kommissionen und Räte

Kaum ein Gesetz kommt ohne Verwaltungsaufwand aus: Das bereits erwähnte Register ist aber nicht die einzige Institution, die zur Vollziehung des Gesetzes ins Leben gerufen wurde. Zusätzlich gibt es noch eine Datenschutzkommission und einen Datenschutzrat. Die Datenschutzkommission (Funk: »eine Kollegialbehörde mit richterlichem Einschlag«) besteht aus vier weisungsfreien Mitgliedern; einer davon ist ein Richter, der vom Präsidenten des Obersten Gerichtshofes vorgeschlagen wird. Zu den Aufgaben der Datenschutzkommission gehören unter anderem die Durchführung von Beschwerdeverfahren, die Erteilung von Bewilligungen für den internationalen Datenverkehr und die Abfassung von Datenschutzberichten alle zwei Jahre. Die Datenschutzberichte sollen Mißstände aufzeigen und über praktische Erfahrungen berichten. Offenbar werden sie aber weitgehend ignoriert: Der 1982 fertiggestellte erste Da-

tenschutzbericht wurde bis heute (August 1984) nicht im Plenum des Nationalrates behandelt.
Weiters kann die Datenschutzkommission Bescheide erlassen, an die die Verwaltungsbehörden gebunden sind. Wer eine Verletzung des Datenschutzgesetzes im öffentlichen Bereich behauptet, kann sich für Beschwerden an die Datenschutzkommission wenden; für Verletzungen des Gesetzes im privaten Bereich sind dagegen die Landesgerichte für Zivilrechtssachen zuständig. Die Datenschutzkommission ist übrigens nicht die letzte Instanz: gegen ihre Entscheidungen können Beschwerden beim Verfassungsgerichtshof oder beim Verwaltungsgerichtshof erhoben werden.
Der Datenschutzrat ist im wesentlichen ein Gremium aus Vertretern der politischen Parteien, der Sozialpartner, des Bundes und der Länder. Er soll relevante Rechtsvorschriften begutachten und Datenverarbeitungen der öffentlichen Verwaltung auf ihre Rechtmäßigkeit hin prüfen. Im Endeffekt ist er aber dazu da, die Erfahrungen mit dem Datenschutzgesetz insgesamt zu beobachten. Das hat er auch dringend nötig. Nicht umsonst sprach der frühere Staatssekretär Dr. Ernst Eugen Veselsky in der parlamentarischen Debatte zum Datenschutzgesetz von der Notwendigkeit des »Ausprobierens«, vergleichbar mit dem Ausprobieren neuer Gesetzwerke in Westgalizien durch die Monarchie, »um sie dann in der Monarchie wirksam werden zu lassen«.

Die Kluft zwischen Anspruch und Realität

Das Datenschutzgesetz ist zwar in mancher Hinsicht legistisch gut formuliert und versucht, internationale Erfahrungen zu verwerten. Die »Autoren« (in erster Linie der Verfassungsdienst des Bundeskanzleramtes) hatten aber keine praktischen Erfahrungen mit der Materie. Da der Gesetzestext sehr allgemein gehalten ist, war von vornherein klar, daß die Feuerprobe erst bei der Anwendung in den einzelnen Bereichen zu bestehen sein werde. Obwohl es an gutgemeinten Grundsätzen im Gesetz nicht mangelt, ist – wie sich später noch zeigen wird – die Frage der Durchführung in den einzelnen Bereichen nicht gelöst. Dazu kommt, daß Datenschutz nicht nur ein Problem von Juristen ist: Auch Kenntnisse der elektronischen Datenverarbeitung in Theorie und Praxis sind unumgänglich. Möglicherweise haben die juristischen Experten darauf zu wenig Rücksicht genommen.
Mittlerweile haben wir das Datenschutzgesetz vier Jahre lang ausprobiert; ich habe unabhängige Rechtsexperten zu ihren Erfahrungen befragt und

dabei festgestellt, daß keiner mit dem Gesetz zufrieden ist. Im Gegenteil: es muß sich harte Kritik von verschiedenster Seite gefallen lassen. Univ.Prof. DDr. Barfuß meint sogar, es sei eines der mangelhaftesten Gesetze seit 1945 und fordert in einer Juristenzeitschrift: »Das in Österreich geltende Datenschutzgesetz ist aufzuheben« (Lit. 40).

Univ.Prof. Dr. Herbert Haller urteilt, das Gesetz bringe einen »in Relation zum Erfolg nicht mehr vertretbaren Aufwand mit sich . . . Der Gesetzgeber hat ein weit ausuferndes Gesetz erlassen. Die im Rechtsstaat notwendige Realitätsbezogenheit ist zugunsten verbaler Deklaration von einseitig idealen Vorstellungen deutlich zu kurz gekommen. Selten gab es ein Gesetz, bei dem Anspruch und Wirklichkeit so auseinanderklaffen« (Lit. 41)

Bernd-Christian Funk scheint sich dem anzuschließen, in dem er offen die Frage stellt, ob nicht das Datenschutzgesetz dem Anliegen des Datenschutzes als rechtspolitischer Aufgabe mehr Schaden als Nutzen zugefügt habe.

Ein gravierender Mangel ist darüber hinaus, daß das Datenschutzgesetz offenbar in mehrfacher Weise ignoriert wird. Von wenigen Ausnahmen abgesehen, nehmen die Bürger das ihnen gewährte Auskunftsrecht nicht in Anspruch. Warum das so ist, wissen wir nicht – es fehlen Studien zur Akzeptanz von Gesetzen, so auch des Datenschutzgesetzes.

Seine Einhaltung wird darüberhinaus auch kaum kontrolliert (sofern dies überhaupt möglich ist). Wo nicht kontrolliert wird, kann sich aber nur zu leicht Schlendrian breit machen. Ignoriert wird das Datenschutzgesetz wahrscheinlich auch von den Datenverarbeitern. Hinter vorgehaltener Hand wird immer wieder ins Treffen geführt, das Gesetz sei so kompliziert und bürokratisch aufwendig, daß man es am besten gar nicht beachte. Funk ist sogar der Auffassung, daß in bestimmten Problemen des Datenschutzgesetzes »nur ein rechtswidriges Unterlassen zu sinnvollen Ergebnissen führen kann« (Lit. 42).

Als Indiz für die Ignoranz der Beteiligten mag angeführt werden, daß Datenschutzkommission und Strafgerichte so gut wie nicht in Anspruch genommen werden. Dieses Buch ist nicht zuletzt in der Absicht geschrieben worden, gegen diese Ignoranz anzukämpfen. Wir brauchen engagierte Bürger, die sich um die Datenverarbeitung im Staate Österreich kümmern. Genau das habe ich im vergangenen Jahr in mehrfacher Weise getan. Über die dabei gesammelten Erfahrungen werde ich im folgenden Kapitel näher berichten.

Der Skandal der Datenschutzpraxis

Im Sommer 1983 beschloß ich, herauszufinden, ob das Datenschutzgesetz hält, was es verspricht. Es interessierte mich zu erfahren, in welchen Computern mein Name in irgendeiner Form »verewigt« ist. Denn das zu erfahren, steht jedem Bürger zu – so steht es zumindest im Gesetz. Dort hatte ich gelesen, man könne bei einem Datenverarbeitungsregister Einsicht nehmen, welche Firmen bzw. Institutionen Personendaten in ihren Computern speicherten. Also machte ich mich auf den Weg. Bei der Gelegenheit konnte ich gleich feststellen, daß das Datenverarbeitungsregister gar nicht im Telephonbuch steht. Auch nicht gerade bürgerfreundlich. Nur wenn man weiß, daß es beim Österreichischen Statistischen Zentralamt eingerichtet ist, wird man fündig: es befindet sich in der Bäckerstraße 20, 1010 Wien, Öffnungszeiten von Montag bis Freitag 8 – 12 Uhr, Tel: (0 222) 52 21 40 oder 53 26 77.

Das Bürgerabschreckungsregister

Im folgenden wird sinngemäß wiedergegeben, was jedermann erleben kann, wenn er das Datenverarbeitungsregister (siehe Seite 42) besucht.
Ich möchte, erklärte ich den Beamten bei meinem ersten Besuch, wissen, wer welche Daten über mich im Computer gespeichert habe.
Wen meinen Sie denn da, fragte der Beamte.
Ich habe keine Ahnung, war meine Antwort. Das herauszufinden, sei schließlich die Absicht meines Kommens gewesen.
Der Beamte schüttelte den Kopf. »Sie müssen mir schon sagen, über welchen Auftraggeber sie Näheres wissen wollen«, verlangte er eine Präzisierung.
Wie das? dachte ich mir. Ich soll etwas wissen, was ich gar nicht weiß. Der Beamte klärte mich hilfsbereit auf, wenn ich beispielsweise einen Brief erhalten hätte, bei der die Anschrift mit einer DVR-Nummer versehen gewesen sei, hätte ich aufgrund dieser DVR-Nummer erfahren können, wer der betreffende Auftraggeber sei und woher er meine Anschrift bekommen habe.
»An denen bin ich«, erwiderte ich, »nicht sonderlich interessiert«. Viel interessanter seien für mich genau jene Verarbeiter, von denen ich zunächst nicht weiß, daß sie Daten über mich speichern.
Der Beamte schüttelte den Kopf. Da könne er mir nicht helfen.

»Also gut«, entgegnete ich, »dann zeigen Sie mir wenigstens die Liste der Verarbeiter, die bei Ihnen gemeldet sind«. Ich dachte, dabei auf Ideen zu kommen, wonach ich konkret fragen könnte.
Die Antwort war lapidar und enttäuschend: »Eine solche Liste gibt es nicht«.
Das darf doch nicht wahr sein, entfuhr es mir. Wieviele Verarbeiter gibt es denn, wollte ich nun wissen.
Zur Zeit liegen über 40.000 Anmeldungen vor, antwortete der Beamte.
Ein hoffnungsloses Unterfangen, dachte ich mir. Mir fiel allerdings ein, daß ich zu Hause ein Exemplar des Bayrischen Staatsanzeigers liegen hatte, in dem auf 265 Seiten das Landesdatenschutzregister »als Orientierungshilfe für den Bürger« veröffentlicht war. Das österreichische Datenschutzgesetz sieht, mußte ich erkennen, ein solches Service nicht vor.
Das halte ich für unzumutbar. Nur wirklichkeitsfremde Beamten kommen auf die abstruse Idee, man wisse, welche Autraggeber als Verarbeiter von Personendaten in Frage kommen. Kenner des gegenwärtigen österreichischen Datenschutzgesetzes werden mir nun allerdings entgegnen, es sei gar nicht die Absicht, eine globale Einsichtnahme zu ermöglichen. Das Datenverarbeitungsregister sei für den Bürger nur in einem konkreten Anlaßfall von Interesse: Wenn dieser mit der Übermittlung von datenschutzrelevanten Informationen konfrontiert werde. Dann funktioniert das Datenschutzregister allerdings: man gibt die entsprechende DVR-Nummer bekannt, der Beamte verschwindet für kurze Zeit und kehrt mit einer Karteikarte zurück, die er zunächst sorgfältig vor den Augen des Auskunftheischenden verborgen hält. Man erfährt schließlich, um welche Behörde, bzw. um welches Unternehmen es sich im konkreten Falle handelt.
Der Beamte beim Datenverarbeitungsregister weiß natürlich nicht, ob eine Behörde oder eine Firma Daten zu einer bestimmten Person gespeichert hat. Er weiß nur, um was für Datenarten es sich handelt. Wer das wissen will, stößt an die nächste Hürde: die Kopie einer Seite aus dem Register kostet nämlich stolze ÖS 100.-. Allein die Registerauszüge der einzelnen Bundesministerien umfassen aber mehrere hundert Seiten. Eine teure Angelegenheit...
Allerdings besteht auch die Möglichkeit, vom Originalbogen eine Abschrift selbst herzustellen. Bürgerfreundlich ist das aber in meinen Augen nicht. Das Datenverarbeitungsregister dient demnach viel eher der Bürgerabschreckung als dem Bürgerservice (die Beamten des Registers sind daran unschuldig – sie sind durchweg freundlich und hilfsbereit).
Den Firmen und Behörden, die sich beim Datenverarbeitungsregister melden, geht es allerdings nicht besser als den Auskunftsuchenden. Zunächst

einmal hat den Antrag auf Registrierung der »Auftraggeber« zu stellen. Das ist nach dem Gesetz »jener Rechtsträger, der die Ermittlung, Verarbeitung oder Übermittlung von Daten veranlaßt und selbst durchführt«. Da also das Veranlassen und Durchführen nebeneinanderstehen, wird es sehr oft in der Praxis zwei Auftraggeber geben: denjenigen, der die Ermittlung und Verarbeitung von Daten veranlaßt (in Auftrag gibt) und denjenigen, der sie durchführt. Beide sind streng wortwörtlich Auftraggeber. Das würde dazu führen, daß zwei Auftraggeber ein- und dieselbe Registrierung zu beantragen hätten. Univ.Prof. DDr. Walter Barfuß: »Das Ergebnis ist zumindest merkwürdig«.
Das Gesetz spricht weiters davon, daß vor dem Beginn der Echtverarbeitung von Daten die Registrierung zu beantragen ist. Daraus müßte man schließen, daß unmittelbar nach der Antragstellung die Aufnahme der Echtverarbeitung zulässig ist, ganz unabhängig davon, ob es später zu einer Registrierung kommt. An anderer Stelle des Gesetzes wird freilich gesagt, daß dem Anmelder die Durchführung der Eintragung schriftlich mit einem Registerauszug mitzuteilen ist. Weiter heißt es wörtlich: »Mit dieser Mitteilung kann die Echtverarbeitung aufgenommen werden«. Was also jetzt?
Und jetzt wird es ganz bunt: eine Ablehnung der Registrierung kommt nach dem Gesetz bloß in zwei Fällen in Frage. Nämlich dann, wenn die Verarbeitung im Rahmen des internationalen Datenverkehrs bewilligungspflichtig ist und eine solche nicht vorliegt, oder wenn der Registrierungsantrag unvollständig ist und dieser Mangel nicht binnen angemessener Frist behoben wird. Barfuß: »Wenn in den für den ›Normalverbraucher‹ sowohl nach Form als auch nach Inhalt unzumutbaren Registrierungsformularen zum Beispiel die gespeicherten Datenarten oder die Kreise der Betroffenen nicht fortlaufend durchnumeriert, also mit fortlaufenden Ziffern versehen waren, oder wenn etwa das Datum oder eine Geschäftszahl eines ohnehin dem Antrag in Kopie beigelegten Gewerbescheines in der entsprechenden Spalte des Formulares fehlen, dann kommt der Registrierungsantrag zur ›Verbesserung‹ zurück. Schon das wortlos hinzunehmen, bedarf gewiß stoischer Ruhe« (Lit. 43).
Die Beamten scheinen sich in erster Linie darauf zu beschränken, die Anträge auf formale Richtigkeit hin zu überprüfen. Kaum vorstellbar scheint mir dagegen, daß die Anträge auch inhaltlich ausreichend durchleuchtet werden. Daß dem nicht so sein dürfte, zeigt der zweite Bericht des Datenverarbeitungsregisters an den Datenschutzrat: 52% aller vorliegenden Registrierungseingaben weisen demnach Mängel auf, 24% der Eingaben Mängel bei der Bearbeitungsgebühr, 13% Mängel nach dem Gebühren-

gesetz, 34% aller Fälle weisen mindestens einen Gebührenmangel auf, 77% aller Eingaben weisen mindestens einen »Nicht-Gebührenmangel«. Bei diesen Fällen handelt es sich, so der Bericht, um formale und/oder materielle Mängel. Über die Art der inhaltlichen Mängel schweigt er sich wohlweislich aus.

Entscheidend ist bei dieser Frage, daß der Anmelder bei der Registrierung die gesetzliche Grundlage für die Speicherung personenbezogener Daten bekanntgeben muß. In zahlreichen Fällen scheint es diese aber nicht zu geben; viele Antragsteller begnügen sich, den Paragraphen des Datenschutzgesetzes, der die »ausdrücklichen gesetzlichen Ermächtigungen« fordert, kommentarlos zu wiederholen, eine Entwicklung die – so der zweite Bericht der Datenschutzkommission – offenkundig mit den Intentionen des Gesetzgebers im Widerspruch steht. Ich behaupte: Zahlreiche Registrierungen müßten aufgehoben werden, wenn sich jemand findet, der sie gesetzlich anficht. Neugierig bin ich übrigens, wie die Praxis aussehen wird, falls die Novelle zum Datenschutzgesetz in der gegenwärtig vorliegenden Fassung beschlossen wird. Dort ist nämlich ein »Mängelrügeverfahren« aufgenommen, wonach eine mangelhafte Meldung insbesondere auch dann vorliegt, wenn der Inhalt gemeldeter Datenverarbeitungen durch die gemeldeten Rechtsgrundlagen des Auftraggebers nicht gedeckt ist. Damit ist – was bisher zweifelhaft war – klar ausgesprochen, daß die Beamten des Datenverarbeitungsregisters auch auf inhaltliche Richtigkeit prüfen müssen. Um diese Aufgabe sind die Beamten keineswegs zu beneiden ...

Bis Juli 1983 wurden 42.700 Registrierungseingaben gezählt, 2.989 Fälle aus dem öffentlichen Bereich, 36.295 von privaten Auftraggebern, der Rest von privaten Verarbeitern im Rahmen einer Dienstleistung. Die privaten Eingaben sind zu einem größeren Teil bereits »erledigt«, von den öffentlichen aber erst magere 20%, und das dreieinhalb Jahre nach Inkrafttreten des Gesetzes! Von den 42.700 Registrierungseingaben wurden bislang 56 von der dafür zuständigen Datenschutzkommission abgelehnt. Ob da wirklich inhaltlich ausreichend geprüft wurde? Von den 56 Abgelehnten versuchten nur ganze 11 nochmals eine neuerliche Registrierungseingabe. »Ob die restlichen Registrierungspflichtigen«, so der Bericht des Datenverarbeitungsregisters, »nach Ablehnung ihrer Registrierungseingabe ihre ADV-mäßige Verarbeitung eingestellt ... haben, kann vom Datenverarbeitungsregister nicht beurteilt werden«.

Doch die Liste der Unzulänglichkeiten ist noch nicht zu Ende: da sich Vertreter des Bundes und der Länder nicht einigen konnten, wie detailliert die Datenarten bei der Registrierungsmeldung aufscheinen sollten, einigte man sich in einem ominösen »Eisenstädter Abkommen«, bis auf weiteres

Neuverarbeitungen »unbeschadet allfälliger (sonstiger) Mängel« zu registrieren. Das Datenverarbeitungsregister ist somit, alles in allem, eine besonders verunglückte Einrichtung. Man kann nur hoffen, daß eine Novellierung des Gesetzes hier Besserung schafft. Vom Standpunkt des Bürgers ist das Register jedenfalls weitgehend nutzlos – um mithilfe der DVR-Nummer einen Verarbeiter ausfindig zu machen, genügt eine öffentlich einsehbare Liste, jeder weitere Aufwand ist überflüssig (es sei denn, die Beamten prüfen Anträge auch inhaltlich). So gesehen, könnten wir auf das Register in seiner jetzigen Form ohne weiteres verzichten.

Die Praxis des Auskunftsrechts

Verlassen wir aber nun das Datenverarbeitungsregister. Wer genau weiß, welcher Auftraggeber über ihn Daten verarbeitet, kann auf das Register ohnehin verzichten: ob jemand über eine bestimmte Person Daten gespeichert hat und ob er sie an andere übermittelt, erfährt man durch ein Auskunftsbegehren an den betreffenden Verarbeiter.

So setzte ich mich im August 1983 hin und schrieb eine Reihe von Briefen an das Finanzamt, das Innenministerium, die Bundespolizeidirektion, Gerichte, die Magistratsdirektion Wien, die Wiener Gebietskrankenkasse, die Wiener Allianz-Versicherung und andere. Man möge mir, teilte ich mit Bezug auf das Datenschutzgesetz mit, bekanntgeben, welche personenbezogenen Daten zu meiner Person gespeichert seien, woher sie kommen und auf welcher Rechtsgrundlage sie ermittelt, verarbeitet, benützt und übermittelt würden. Zum Nachweis meiner Identität legte ich eine Kopie des amtlichen Meldezettels bei.

Die erste Antwort, die wenige Tage später einlangte, war gleichzeitig die vollständigste und verständlichste. Die Wiener Allianz Versicherung teilte mir in einem ausführlichen Schreiben mit, was sie zu meiner Person gespeichert habe: einen Versicherungsvertrag, Polizzennummer, meinen Namen, Adresse, Geschlecht, Beginn und Ablauf des Vertrages, Prämie, Versicherungssumme und Wertanpassungsindex, weiters auch Zahlungsweise, jeweiligen Zahlungsstand und Zahlungsdatum. Die Rechtsgrundlage für Übermittlung, Verarbeitung, Benützung und Übermittlung von Daten gehe aus dem Unternehmensgegenstand laut Satzung hervor. Die Versicherung legte außerdem eine Fotokopie der Bestätigung über die erteilte Konzession vom Bundesministerium für Finanzen bei. Weiters teilte man mir mit, daß der Registerantrag an das Datenverarbeitungsregister gestellt und die Registernummer 0003565 zugeteilt worden sei. Eine Übermittlung von Daten sei nicht erfolgt. Sie sei gesetzlich vorgesehen, z.B. in der Autohaftpflichtversicherung für die Bonus/Malus-Einstufung oder etwa in der Rückversicherung. »Wir konnten Ihre Anfrage umgehend beantworten«, fügte die Wiener Allianz nicht ohne Stolz hinzu, »weil wir über eine zentral organisierte Datenverarbeitung verfügen«. Und schließlich noch ein freundlicher Schlußsatz: eine Gebührenvorschreibung für diese Auskunft möge ich nicht erwarten.

Nach dem vorangangenen Registerdebakel war ich erfreut zu sehen, daß das Auskunftsrecht im Datenschutzgesetz offenbar doch nicht bloß auf dem Papier steht. Ich sollte mich zu früh freuen – die Rückschläge erfolgten allerdings erst einige Wochen später. Zunächst erhielt ich noch ein Schreiben vom Strafbezirksgericht Wien, in welchem mitgeteilt wurde, daß »bei diesem Gerichte keine Datenspeicherung durchgeführt« wird. Die Oberstaatsanwaltschaft Wien informierte mich mit Bezug auf das Datenschutzgesetz, daß eine Auskunftserteilung für Zwecke der Strafrechtspflege nicht vorgesehen sei.

Besonders neugierig war ich, als ich ein Schreiben der Bundespolizeidirektion Wien in Händen hielt. Ich erwartete einen umfangreichen Computerausdruck, hatte ich doch ein ausgesprochen schlechtes Gewissen: mein Leben als Lenker eines Kraftfahrzeuges ist mit unzähligen Organmandaten und Strafverfügungen für falsches Parken gepflastert.

Die Liste meiner Strafmandate konnte ich in dem Schreiben nicht finden. Man übermittelte mir allerdings einen Auszug aus der Zulassungsdatei. Abgesehen davon, daß nicht das richtige Versicherungsunternehmen aufschien (ich hatte die Versicherung seit der Zulassung gewechselt) war alles so weit in Ordnung. Von der Vorschreibung von Kosten der Auskunftserteilung wurde »wegen Geringfügigkeit Abstand genommen«.

Der naive Bürger wird nun glauben, daß tatsächlich keine weiteren Daten über ihn im Polizeicomputer verewigt sein könnten. Wie ich auf Seite 66 näher ausführen werde, ist das nicht der Fall – die Dateien der Polizei sind reichhaltig, für den Bürger aber nicht einsehbar.

Vom Bundesministerium für Inneres erhielt ich bis heute keine Antwort. Als ich Herrn Innenminister Dr. Karl Blecha anläßlich eines Club 2 im Österreichischen Fernsehen darauf ansprach, erhielt ich umgehend ein Schreiben der Bundespolizeidirektion Wien, meine Anfrage an das Innenministerium sei bereits mit dem Brief der Bundespolizeidirektion Wien erledigt worden. Hier dürfte meiner Ansicht nach ein Irrtum vorliegen: Innenministerium und Bundespolizeidirektion sind zwei unterschiedliche Auftraggeber mit unterschiedlichen Registernummern. Zumindest merkwürdig erscheint daher, wenn das Innenministerium ein Schreiben um

Auskunft nach dem Datenschutzgesetz an die Bundespolizeidirektion Wien weiterleitet. Wenn das Innenministerium über mich keine personenbezogenen Daten gespeichert hat, so kann es mir diesen Umstand ja direkt mitteilen. Wenn aber die Weiterleitung meines Ansuchens an die Bundespolizeidirektion zur Erledigung in der Meinung erfolgt, diese werde mich auch über die Dateien des Innenministeriums aufklären, dann ist dies möglicherweise eine Verletzung des Datenschutzgesetzes.

Gemeinde Wien: teure Auskunft

Den Vogel schoß schließlich die Gemeinde Wien ab. Ich hatte meine Mutter gebeten, das entsprechende Auskunftsersuchen zu stellen, da sie eine jener Zweitwohnungsbesitzer ist, die sowohl in Wien, als auch in Niederösterreich wohnen; ich hoffte, mit dem Ansuchen nicht nur zu erfahren, was der Gemeindecomputer alles speichert, sondern auch, ob sich im Zusammenhang mit dem Streit um die Volkszählung (siehe Seite 93) Neues ergeben würde. Der Briefwechsel, den meine Mutter seit August 1983 in der Angelegenheit führte, verdient, in aller Breite dargestellt zu werden:

Das Auskunftsersuchen meiner Mutter war mit 16. August 1983 datiert. Es erstreckte sich ausdrücklich auf sämtliche im Bereich des Magistrates der Stadt Wien in Frage kommenden sowie nachgeordneten Dienststellen. Am 29. August antwortete Herr Senatsrat Dr. Stolba von der MA 62 und legte eine Ablichtung aus dem Amtsblatt der Stadt Wien bei, »aus welcher Sie den Stand der vom Magistrat der Stadt Wien als Auftraggeber dem Datenverarbeitungsregister gemeldeten Verarbeitungen des öffentlichen Bereichs entnehmen können«. Weiters bot der Senatsrat eine kostenlose Beratung aufgrund dieses Verzeichnisses an.

Was den Kostenersatz im Auskunftsverfahren betreffe, sei dieser durch die Anzahl der Verarbeitungen maßgeblich bestimmt. Meine Mutter möge daher ihr Ersuchen klarstellen und eingrenzen, aus welchen Verarbeitungen und aus welchen Datenbeständen (aktuelle oder frühere) die gesetzmäßig vorgesehene Auskunft tatsächlich begehrt wird.

Meine Mutter und ich betrachteten die Ablichtung aus dem Wiener Amtsblatt. Dort waren insgesamt über 100 Dateien angeführt, von der Wählerevidenz bis zum Laborsystem des AKH und von der Hundeabgabe bis zum Entlehndienst der Städtischen Büchereien. Ich argumentierte, das Datenschutzgesetz räume ein umfassendes Auskunftsrecht ein; da nicht vorausgesehen werden könne, ob in einzelnen Dateien, von denen meine

Mutter zunächst nicht annehmen würde, daß sie dort verewigt ist, nicht doch (vielleicht fälschlicherweise) Vormerkungen aufscheinen, kamen wir zu der Auffassung, die Gemeinde Wien habe alle Dateien nach dem Namen meiner Mutter zu durchsuchen. In diesem Sinne antwortete meine Mutter am 8. September, das Schreiben der MA 62 beinhalte nicht die gewünschten Auskünfte. Sie präzisierte nochmals, daß sie um Mitteilung aller zu ihrer Person gespeicherten personenbezogenen Daten ersuche.
Mittlerweile hatte ich gerüchteweise erfahren, daß ein derartiges umfassendes Auskunftsbegehren Kosten in der Gegend von einigen zehntausend Schilling verursachen würde. Es wären dabei nicht nur über 100 aktuelle, sondern auch die früheren Datenbestände, Jahr für Jahr, zu durchsuchen gewesen. Mit anderen Worten: wenn mehrere Personen etwa zur selben Zeit ein derart umfassendes Auskunftsbegehren an die Gemeinde Wien stellten und die EDV-Zentrale diesen nachkommt, dann dürfte der Rathauscomputer auf Tage hinaus blockiert sein. Eine kostspielige Angelegenheit, denn immerhin werken dort über 300 Angestellte an Computern im Wert von mehreren Milliarden Schilling.
Nun erwachte mein Ehrgeiz: ich beschloß, diesen Fall zu einem »Härtetest« für das Auskunftsrecht im Datenschutzgesetz zu machen.
Gemäß Wiener Datenschutzverordnung sind pauschalierte Kostenersätze festgelegt: 100 Schilling für jede Verarbeitung eines aktuellen Datenbestandes, 500 Schilling für jeden früheren. Ich ersuchte meine Mutter, der MA 62 mitzuteilen, falls die durch das umfassende Auskunftsbegehren entstehenden Kosten den Betrag von ÖS 10.000 überstiegen, möge man mitteilen, wie hoch sie tatsächlich seien. Meiner Mutter sagte ich zu, in diesem Fall die Summe aus eigener Tasche zu bezahlen bzw. die Kosten für eine gerichtliche Anfechtung des Gebührenbescheides zu übernehmen.
Am 25. Oktober antwortete Senatsrat Dr. Stolba in einem drei Seiten langen Brief. Wiederum führte er an, daß es notwendig sei – um sinnvoll Auskunft geben zu können – , das Ansuchen auf bestimmte Datenbestände einzugrenzen. »Das ist notwendig, weil die Frage nach ›Mitteilung aller zu meiner Person gespeicherten personenbezogenen Daten‹ im Hinblick auf die Komplexität und den Umfang der von der Gemeinde Wien besorgten automationsunterstützten Datenverarbeitung in der von Ihnen angenommenen Simplifizierung nicht beantwortet werden kann«. Mit anderen Worten: das Auskunftsrecht des Datenschutzrechtes ist – zumindest in diesem Fall – eine Farce. Nicht der Datenverarbeiter gibt Auskunft, sondern der Auskunftsuchende muß Auskunft geben, wo gesucht werden soll, so als ob er wissen müßte, was in den Dateien der Gemeinde Wien alles gespeichert ist.

Natürlich sind die Probleme der MA 62 verständlich. Das Durchsuchen aller Dateien ist tatsächlich umgemein aufwendig. In gewisser Hinsicht kann man das sogar als Vorteil werten – es zeigt sich, daß es offenbar doch nicht möglich ist, auf Knopfdruck alle zu einer Person gespeicherten Daten herauszusuchen. Anderseits muß man sich fragen, was die Bürger von ihrem Auskunftsrecht halten sollen, wenn die Praxis so aussieht.

Meine Mutter und ich beschlossen nunmehr zweierlei: zum einen formulierten wir eine Beschwerde an die Datenschutzkommission wegen Verletzung des Datenschutzgesetzes durch den Magistrat der Stadt Wien mit Bezug auf den oben zitierten Satz; zum anderen antwortete meine Mutter der MA 62:

»Da ich nicht weiß, in welchen Ihrer aktuellen bzw. historischen Dateien allenfalls Daten zu meiner Person gespeichert sind, kann ich Ihrem Ersuchen leider nicht nachkommen ... Unbeschadet der Tatsache, daß ich nach wie vor mein Recht auf umfassende Auskunftserteilung in Anspruch nehme, ersuche ich Sie, die Verarbeitungen V002, V003, V004, V009, V027, V033, V039, V055, V091, V098, V105 zu durchsuchen«.

Am 9. Dezember antwortete Senatsrat Dr. Stolba (während er bisher in der Anrede »Sehr geehrte Frau!« geschrieben hatte, bequemte er sich nun zu einem »Sehr geehrte Frau Doktor!«). Nochmals bot er höflich an, meine Mutter in der Angelegenheit zu beraten. Weiters stellte er fest, daß für die notwendigen Verarbeitungen ein Kostenersatz von 1000 Schilling zu entrichten sei. Meine Mutter zahlte den Erlagschein ein und erhielt schließlich am 9. Februar 1984 wiederum ein ausführliches Schreiben von Dr. Stolba. Es zeigte sich, daß meine Mutter in der Personendatenbank und in der Verarbeitung V091 – Kontroll- und Reklamationsbögen im Rahmen der Volkszählung 1981 – gespeichert ist. Auf einige Ungereimtheiten (unrichtige Türnummer usw.) wurde hingewiesen. Weiters wurde mitgeteilt, daß meine Mutter aus der Wählerevidenz in Folge einer Zuzugsmitteilung einer niederösterreichischen Gemeinde gestrichen worden sei.

Bemerkenswert daran ist, daß in der Datei mit den Kontroll- und Reklamationsbögen bloß einige wenige personenbezogene Daten aus der Personendatenbank gespeichert sind. Wie auf Seite 91 f. näher angeführt wird, verknüpfte die Gemeinde Wien im Zuge der Überprüfung des Volkszählungsergebnisses mehrere Datenbestände miteinander, um zu ermitteln, wer nach objektiven Merkmalen den Mittelpunkt seiner Lebensinteressen in Wien habe. Mit an Sicherheit grenzender Wahrscheinlichkeit war auch meine Mutter unter den solcherart überprüften Zweitwohnungsbesitzern. Was dabei wirklich passierte, ist uns bis heute verborgen geblieben ...

Wir ließen die Angelegenheit zunächst auf sich beruhen, weil wir abwarten wollten, was die Beschwerde bei der Datenschutzkommission erbringen werde. Auf eine diesbezügliche Nachricht hofften wir jedoch vergeblich. Da in Verwaltungsverfahren im allgemeinen eine Frist von sechs Monaten für die Erledigung vorgesehen ist, ließen wir diese Frist verstreichen. Danach blieb uns nichts mehr anderes übrig, als beim Verwaltungsgerichtshof eine Säumnisbeschwerde einzubringen. Dieses Verfahren ist zum Zeitpunkt der Abfassung dieses Buchs noch nicht beendet.

Notfalls bis zur letzten Instanz ...

»Viele der Eingriffe in unser privates Leben ... sind mit Gesetzen nicht zu verhindern. Und selbst wenn dies der Fall wäre, so werden Gesetze, Richter und Beamte doch weitgehend davon beeinflußt, bis zu welchem Grad die Bürger selbst die Segnungen der Freiheit zu verteidigen entschlossen sind«. Soweit ein Zitat von Vance Packard (Lit. 44).

Für mich ergibt sich aus diesen Erlebnissen mit dem Datenschutzgesetz folgendes: die Auskunftserteilung im privaten Bereich – das wurde auch anderweitig bestätigt – erfolgt im allgemeinen prompt und zufriedenstellend (aber nicht immer, siehe Seite 79); Probleme treten häufig im öffentlichen Bereich auf (wiederum ein Grund, warum ich es für richtig halte, den Behörden genauer auf die Finger zu schauen als den Firmen, siehe Seite 45).

Die Abwicklung des Auskunftsersuchens durch die Gemeinde Wien muß vom Standpunkt des Bürgers schlichtweg als skandalös gewertet werden. Mag sein, daß ich mittlerweile beim Herrn Senatsrat Dr. Stolba und den Mitgliedern der Datenschutzkommission als Querulant gelte. Das nehme ich mit ruhigem Gewissen in Kauf – ich werde weiterhin alle Möglichkeiten, die mir das Datenschutzgesetz einräumt, in Anspruch nehmen und gegebenfalls Verfahren bis zur letzten gerichtlichen Instanz betreiben. Ich behaupte, daß dies der Datenschutzidee nur förderlich sein kann; vor allem dann, wenn diese Vorgangsweise dazu dient, die Gültigkeit des Rechtes auf Schutz der Privatsphäre in einem konkreten Fall nach allen Richtungen hin auszuloten. Auch deshalb, weil meine Mutter offenbar die erste war (über drei Jahre nach Inkrafttreten des Gesetzes!), die von der Gemeinde Wien umfassend Auskunft begehrte. Auch einige der Ansuchen, die ich gestellt hatte, waren übrigens – wie ich später erfuhr – für die betroffenen Behörden eine »Premiere«.

Verwunderlich ist das kaum. Wer nicht eine gute Portion Sturheit besitzt,

muß in Anbetracht der gegenwärtigen Daten? schutzpraxis schon bei den ersten zaghaften Anläufen das Handtuch werfen. »Ein Hindernislauf«, kommentiert Bernd- Christian Funk. Wie die Praxis der Rechtsprechung zeige, sei die Bereitschaft, Datenschutzansprüche durchzusetzen, nur sehr gering. Auch Felix Ermacora ist der Ansicht, daß viele Bürger ihr Auskunftsrecht wohl deshalb nicht in Anspruch nehmen, weil dies in der Praxis zu schwierig sei oder »aus Scheu vor damit verbundenen Geldausgaben«. Viele Leute fühlten sich nicht betroffen: »Das ist so ähnlich, wie wenn ich trotzdem baden gehe, obwohl objektiv vielleicht ein Haifisch in der Nähe ist... Die Leute spüren die Gefahr der Verdatung nicht«.
Die Mehrzahl der Fälle, in denen sich Bürger beim Datenverarbeitungsregister oder bei Verarbeitern nach Personendaten erkundigen, beziehen sich auf Werbebriefe mit Computeradressen. Ich kann und will aber nicht glauben, daß es in erster Linie Sinn und Zweck des Datenschutzgesetzes ist, bloß in solchen konkreten Anlaßfällen zu funktionieren. Bis auf weiteres ergibt sich für mich daher, daß das Datenschutzgesetz für die Interessen des Bürgers völlig unzulänglich ist.

Wir brauchen ein besseres Informationsrecht

Die im Sommer 1984 vorgelegte Novelle zum Datenschutzgesetz versucht nur in wenigen Punkten, Mißstände zu beseitigen: Einige Begriffe (»Daten«, »Auftraggeber«, usw.) werden neu definiert; das Registrierungsverfahren wird vereinfacht, ebenso die Genehmigung des internationalen Datenverkehrs (offenbar, weil dieser ohnehin nicht kontrollierbar ist, siehe Seite 110). Die ursprünglich vorgesehenen Betriebsordnungen werden durch einen unmittelbar verbindlichen Katalog von Datensicherheitsmaßnahmen im Gesetz ersetzt. Mit anderen Worten: die Novelle ist pure Kosmetik an der Oberfläche. In den Erläuterungen wird dazu bemerkt, eine Gesamtrevision des Datenschutzgesetzes würde mit Sicherheit längere Zeit in Anspruch nehmen, da in der bisherigen Diskussion recht kontroversielle Positionen bezogen worden seien. Korrekturen im Grundrechtsbereich seien nicht »zweckmäßig«. Geradezu hohnvoll empfinde ich die Bemerkung, es gebe zur vorliegenden Novelle »keine Alternative«.
Sicherlich ist der Ansatz zu einer Entbürokratisierung des Datenschutzes – wie er in der Novelle angestrebt wird – begrüßenswert; die in diesem Buch aufgezeigten Probleme werden dadurch allerdings keineswegs berührt. Ich will versuchen, in der Folge kurz zusammenzufassen, was am Datenschutzgesetz aus der Sicht des engagierten Bürgers geändert werden sollte.

Zuallererst ist im Gesetz konkreter als bisher zu bestimmen, welche Verarbeiter welche Daten ermitteln, speichern und übermitteln dürfen. Da sich in der Praxis gezeigt hat, daß sich die Datenverarbeiter vor allem im öffentlichen, aber auch im privaten Bereich um die gesetzlich geforderte Notwendigkeit, ihre Datengier hinreichend zu begründen, häufig keinen Deut scheren, dürfte nichts anderes übrig bleiben, als im Datenschutz eine bessere Handhabe für die Beschränkung der Zulässigkeit von Personendossiers zu formulieren. Insbesondere sind die Ausnahmen von der Registrierungspflicht und von dem Recht auf Auskunft, Richtigstellung und Löschung im öffentlichen Bereich einzuschränken und genauer zu definieren (Polizei- und Militärprivileg).

Wichtig wäre weiters ein weisungsungebundener Datenschutzbeauftragter (ähnlich wie in der Bundesrepublik Deutschland) oder eine mit wesentlich mehr Befugnissen ausgestattete Datenschutzkommission: Wir brauchen kritische Kontrollore, die nicht nur nachsehen gehen, wenn sie dazu aufgefordert werden, sondern die auch von sich aus tätig werden können. Dabei sollten ihnen weitgehende Einsichtsrechte genau dort gewährt werden, wo die oben erwähnten Ausnahmen die Möglichkeit eröffnen, Datenschutzoasen einzurichten.

Das Auskunftsrecht sollte mindestens auch auf händisch geführte Karteien mit »sensiblen« Daten ausgedehnt werden (davon wäre beispielsweise die umstrittene Geisteskrankenevidenz betroffen, siehe Seite 70). Die Gebühren für die Auskunftserteilung sind zum Teil unverschämt hoch und müßten zumindest im öffentlichen Bereich reduziert oder überhaupt erlassen werden.

Weiters ist mehr Transparenz zu fordern: Das Datenverarbeitungsregister ist (wie in vielen Ländern der Bundesrepublik Deutschland) zu veröffentlichen. Die Berichte von Datenverarbeitungsregister, Datenschutzkommission und Datenschutzrat sind öffentlich bekannt zu machen (übrigens: auch ein neuer EDV-Bericht der Bundesregierung wäre dringend fällig).

Im Bereich der Wissenschaft wäre demgegenüber das Datenschutzgesetz zu lockern (darauf kommen wir noch zurück). Es sollte nochmals ausführlich diskutiert werden, ob nicht manche, relative wenig sensible Daten (wie Name und Anschrift), freier gehandhabt werden könnten als die eher heiklen gesundheitsbezogenen, weltanschaulich-religiösen und anderen. Auf die Datenverarbeitung durch Textautomaten und Mikrocomputer sollte in eigenen Bestimmungen Rücksicht genommen werden.

Last, but not least brauchen wir nicht nur ein besseres Datenschutzgesetz, sondern überhaupt ein gesamthaft konzipiertes Informationsrecht. Dieses könnte beispielsweise folgende Elemente enthalten:

1. Datenschutz von Einzelpersonen bzw. von Personengruppen
2. Zugang der wissenschaftlichen Forschung zu geschützten Personendaten
3. Zugang der Bürger zu Daten der öffentlichen Verwaltung (»Freedom of Information«)
4. Gleichheit des Informationszugangs für verschiedene gesellschaftliche Gewalten (»Informationsgleichgewicht«). Hier ist vor allem das Informationsgleichgewicht zwischen Parlament und Exekutive angesprochen, aber auch Zugangsgleichheit zwischen Bund/Ländern, Gemeinden/Staat.
5. Ein »Recht auf Kommunikation«. Das Spektrum reicht hier von klassischen Freiheitspostulaten (Pressefreiheit, Rundfunkfreiheit, Meinungsfreiheit) bis zur Forderung ausgewogener Kommunikationsbeziehungen zwischen Staaten (Nord-Süd-Dialog).
6. Neuordnung der Kommunikationsmedien. Bedingt durch die Entwicklung der Informationstechnik wird es notwendig sein, auch die sogenannten »neuen Medien« (Kabelfernsehen, Bildschirmtext usw.) rechtlich zu erfassen).
7. Rechtliche Ordnung der Individualkommunikation mit Hilfe neuer Medien. Hier geht es zum Beispiel um die Frage, inwieweit EDV-gespeicherte Information »Urkundensicherheit« besitzt.
8. Rechtliche Ordnung der Organisation und Verfahren der Datenverarbeitung in der öffentlichen Verwaltung.
9. Arbeitsschutz und Rationalisierungsschutz, sowie Datensicherheit (Lit. 45).

Mit dieser Aufzählung soll angedeutet werden, daß »Informationsrecht« zahlreiche Aspekte besitzt, die in eine Fülle von bestehenden Rechtsordnungen eingreifen. Keine Frage, daß die legistische Bewältigung der mikroelektronischen Technik nicht von heute auf morgen geschehen kann. Notwendig scheint aber, diese Fragen in breitem Umfang zu diskutieren und grundlegende Konzepte für ihre Lösung zu entwickeln. Davon ist jedoch weit und breit nichts zu merken.

Viele kleine »Große Brüder«

Der Große Bruder, wie ihn George Orwell in seinem Zukunftsroman »1984« zeichnete, ist in der Erzählung nie als Person in Erscheinung getreten. Er wirkt eher als anonymes Prinzip, das sich für den Normalsterblichen als Überwachung und Kontrolle artikuliert. Dies sollten wir bedenken, wenn darüber diskutiert wird, ob eingetroffen sei, was George Orwell beschrieben hat oder nicht. Der Große Bruder als Person oder einzelne Institution, die »alles« über die Bürger weiß, ist heute weder in Österreich noch anderswo existent. Wer immer aber diese Tatsache als Begründung gebraucht, die von Orwell aufgezeigten Tendenzen zur anonymen Überwachungsbürokratie seien aus der Luft gegriffen, der irrt gewaltig. Auf den folgenden Seiten soll aufgezeigt werden, daß es diese Tendenzen in Österreich zweifellos gibt: bei Behörden und Unternehmen wird das Bestreben deutlich, mehr über bestimmte Personengruppen zu erfahren, diese Daten zu speichern und sie politisch und wirtschaftlich zu benützen.

Bruder Landwirtschaftsminister

Einer dieser kleinen »Großen Brüder« ist zweifellos der österreichische Landwirtschaftsminister. Mit dem Bundesgesetz über das Land- und Forstwirtschaftliche Betriebsinformationssystem schuf er sich 1980 mit den Stimmen der Regierungspartei die Voraussetzungen für eine riesige Datenbank, in welcher praktisch alle Bauern Österreichs in ihrer Privatsphäre und den wirtschaftlichen Verhältnissen nahezu vollständig katalogisiert sind. »Ein Berufsstand wird«, so Felix Ermacora, »bis in die letzte Hühnerkralle verdatet« (Lit. 46).

Zunächst zur Vorgeschichte: Vorläufer des zentralen Bauerncomputers ist die seit 1939 bestehende »Land- und Forstwirtschaftliche Betriebskartei«. Sie wird durch das genannte Gesetz zu einem umfassenden Bestand an land- und forstwirtschaftlichen Betriebsdaten ausgebaut. Die Datenbank bildet den zentralen Fundus für einen weit verzweigten Informationsverbund im Verhältnis zu verschiedenen Funktionsträgern und Aufgabenbereichen der öffentlichen Verwaltung. Der Chef dieses Datenverbundes ist der Landwirtschaftsminister.

»Dieses Gesetz versucht«, beschreibt der VP-Abgeordnete zum Nationalrat, Dipl.Ing. Josef Riegler, »alle möglichen persönlichen Einzelheiten des einzelnen Bauern zentral zu erfassen und festzuhalten ... Nicht nur der

Name des Betriebsinhabers, seine Anschrift, seine Zustelladresse, seine Bankverbindung, nicht nur das Ausmaß seiner land- und forstwirtschaftlichen Flächen, auch die Art, die Menge, der Wert, der Verwendungszweck der Erzeugung und Marktleistung, der Bestand und die Schlachtung von Nutztieren nach Alter, Art und Geschlecht, der Bestandzuwachs und Abgang an Obstbäumen und Obststräuchern nach Art, Alter, Baum und Standort, die Merkmale, die für die Beurteilung der Erzeugung und Qualität von Holz und sonstigen Forstprodukten von Bedeutung sind; die Rechts- und Besitzverhältnisse, die technische und bauliche Ausstattung der land- und forstwirtschaftlichen Betriebe, Alter, Geschlecht, Familienstand und Staatsangehörigkeit der in den land- und forstwirtschaftlichen Betrieben selbständig mithelfenden und unselbständig erwerbstätigen Personen, Verwandschaftsverhältnis zu Betriebsinhabern, mit dem Betriebsinhaber in Hausgemeinschaft lebend oder nicht, erlernter Beruf, ausgeübter Beruf, Beschäftigung neben Erwerbsberuf, Stellung im Betrieb, Ausmaß und Dauer der Beschäftigung, Art der fachlichen Ausbildung, Verteilung auf die Wirtschafts-, Betriebs- und Berufszweige, um nur einiges zu nennen. Des weiteren die Daten der Einheitsbewertung, Daten der Milchmarktordnung, Daten der Förderung« (Lit. 47).

Halten wir kurz inne: wie in diesem Buch mehrfach ausgeführt, benötigt die öffentliche Verwaltung zur Erfüllung ihrer Aufgaben Daten über die Bürger, personenbezogene und andere. Das gilt in hohem Ausmaß auch für das Landwirtschaftsministerium: die Land- und Forstwirtschaft ist stärker als andere Bereiche planwirtschaftlich geregelt; zahlreiche Marktordnungsgesetze müssen administriert, viele Förderungsmaßnahmen abgewikkelt werden. Keine Frage daher, daß der Landwirtschaftsminister Daten braucht. Keine Frage auch, daß eine zentrale Datenbank aus technischer Sicht besonders elegant scheint. Vom freien Bauern bleibt damit allerdings, so argumentieren ihre Gegner, so gut wie nichts übrig. Gegen alle Argumente des Datenschutzes »setzen Sie mit Ihrer politischen Macht«, kritisiert Riegler, »ein Gesetz durch, wodurch 340.000 Bauern mit allen Einzelheiten ihrer persönlichen Daten in einer zentralen Datenbank festgehalten werden können. Sie schaffen damit den gläsernen Bauern. Und es hat den Anschein, daß der Landwirtschaftsminister den Ehrgeiz hat, mit diesem Gesetz den Großen Bruder nach Orwell darstellen zu wollen«.

Der Entwurf zu dem merkwürdigen Gesetz über den Bauerncomputer gab im Datenschutzrat übrigens zu einer – sonst überaus seltenen – Kampfabstimmung Anlaß: Der Antrag von Felix Ermacora, der Datenschutzrat möge sich gegen den vorgelegten Entwurf aussprechen, wurde mit knapper Mehrheit abgelehnt.

Im Zusammenhang mit dem Thema Datenschutz erscheint mir wichtig, daß das Gesetz zur Errichtung des Bauerncomputers zwei Jahre nach dem Datenschutzgesetz beschlossen wurde; wenn ein solches Machwerk mit dem Datenschutzgesetz vereinbar ist, dann ist, so behaupte ich, das letztere nichts wert.

Die Bauern scheinen sich allerdings bislang nicht sonderlich gegen die informationelle Enteignung gewährt zu haben – offenbar ist ihnen noch nicht klar, wohin der Hase läuft. Die Landwirtschaftskammern hatten zwar zunächst kräftig protestiert. Seit ihnen jedoch zugesichert wurde, sie könnten an dem Informationmonopol mitnaschen, sind auch die Kammern merkwürdig still geworden.

Ich kann nur hoffen, daß sich ein Betroffener findet, der gegen das Orwell-Bauerngesetz mit rechtlichen Mitteln an? kämpft. Chancen auf Erfolg sind durchaus gegeben. Wie die Rechtsexperten Univ.Prof. Dr. Bernd-Christian Funk und Univ.Prof. Dr. Peter Pernthaler in einer ausführlichen Analyse darlegten, dürfte das Bundesgesetz über das land- und forstwirtschaftliche Betriebsinformationssystem verfassungswidrig sein. Das Gesetz benütze, schreiben die Juristen in der Analyse, die integrativen Elemente eines Datenverbundsystems unter Ausnützung kompetenzübergreifender Ermächtigungen und sei schon deshalb verfassungswidrig. »Es ordnet darüber hinaus die Verfügungsrechte über dieses transkompetente Datenverbundsystem in verfassungswidriger Weise, weil danach der Bundesminister für Land- und Forstwirtschaft zur Beurteilung und Kontrolle der Datenverwendung im Wirkungsbereich der Länder und Selbstverwaltungskörper berufen wird. Das Gesetz ist demnach ein ›hinkendes Datenverbundsystem‹, das absolute Übermittlungspflichten der Länder und Selbstverwaltungskörper im Hinblick auf ihre eigenen Datenbereiche mit relativen Übermittlungsrechten und -pflichten des Landwirtschaftsministers in fremden Datenverwendungsbereichen zu einem materiell und organisatorisch gleich verfassungswidrigen ›gesamtösterreichischen Datenverbund‹ kombiniert« (Lit. 48).

Bruder Bürgermeister

Ein anderer kleiner »Großer Bruder« ist der Bürgermeister der Stadt Wien. Die zentrale EDV-Anlage des Wiener Rathauses umfaßt über 100 Dateien mit unzähligen Millionen Einzeldaten über die Wiener Bevölkerung. So gibt es eine riesige Personendatenbank, aus der Selektionen für Zwecke der Schulpflichtmatrik und der Schulverwaltung, für Zwecke der

Sozialhilfe, für Zwecke des Gesundheitswesens, der Stadtplanung und der allgemeinen Öffentlichkeitsarbeit hergestellt werden (die Personendatenbank wird meiner Ansicht nach illegal geführt: die Magistratsbeamten gaben nämlich bei der Anmeldung beim Datenverarbeitungsregister als Rechtsgrundlage für die Datenbank bloß den Paragraphen des Datenschutzgesetzes an, der diese verlangt; das Datenschutzgesetz verlangt aber eine ausdrückliche gesetzliche Ermächtigung, siehe Seite 43). Zahlreiche Dateien verwalten Finanzinformation: Getränke- und Gefrorenes-Steuer, Grundsteuer, Müllabfuhrabgabe, Hundeabgabe, Räumungsgebühr, Lohnsummensteuer, Wassergebühren, Dienstgeberabgabe, Gebrauchsabgabe usw. Eine Evidenz der Wohnungswerber ist im Gemeindecomputer genauso zu finden, wie eine Datei zur Überwachung von strahlenexponierten Personen; der Entlehndienst der Wiener Städtischen Büchereien katalogisiert, wer welche Bücher ausborgt. Mehrere Datenkataloge erfassen gesundheitsrelevante Informationen: Patientenverwaltung und -verarbeitung, Patientenabrechnung, Patientenindex (Erstellung von Suchlisten für mikroverfilmte Krankengeschichten), Befundverarbeitung, Geschlechtskrankheitenuntersuchungen u.a. Es bedarf einiger Phantasie, um Merkmale herauszufinden, die von der Gemeinde Wien nicht verdatet werden.

Wie bereits auf Seite 57 ausgeführt wurde, werden diese Dateien im Regelfall nicht miteinander verknüpft. Tatsache ist aber, daß sie technisch jederzeit zu einem Datenverbund verschmolzen werden können: so beschloß der Wiener Gemeinderat Anfang 1983, 4 Millionen Schilling für die Anschaffung eines sogenannten Hyperchannel zur Verfügung zu stellen. Landtagsabgeordneter Mag. Robert Kauer: »Mit diesem Gerät wird es möglich, 46 zur Zeit dezentral arbeitende Computersysteme der Gemeinde Wien zu einem Verbund zusammenzuschließen«. Dies bedeute, daß die gespeicherten Daten über den Verbund abfragbar und mit anderen Daten einer Person verknüpfbar werden, also z.B. Daten aus der Abgabenverrechnung, der Krankenhausverwaltung, der Wohnungsbeihilfe oder auch der Daten über Mietzinszahlungen an die städtischen Wohnhäuserverwaltungen sowie Personaldaten der rund 80.000 Bezugsempfänger der Gemeinde oder Daten aus der Wählerevidenz. Eine solche Verknüpfung wäre allerdings typisch für einen Fall, der mit dem Datenschutz in keiner Weise vereinbar ist. Ich halte es daher für ungeheuerlich, daß so ein Datenverbund und das Datenschutzgesetz nebeneinander bestehen können, ohne daß ein Sturm der Entrüstung ausbricht. Wir kommen auf den Datenverbund im Zusammenhang mit der letzten Volkszählung zurück (siehe Seite 91).

Ich weiß nicht, ob der Bürgermeister der Stadt Wien (oder einer seiner

Beamten) die bewußte Absicht hat, ein System zu schaffen, das auf Knopfdruck das komplette Persönlichkeitsprofil des Herrn Mayer oder der Frau Novak liefert. Tatsache ist jedenfalls, daß hiermit zumindest potentiell eine Überwachung im Sinne einer umfassenden Bürgerkontrolle aufgebaut wurde – heimlich, still und leise. »Es gibt«, führt Karl Graber in der »Presse« aus, »schleichende Entwicklungen, die eine andere Art ›Großen Bruder‹ hervorbringen könnten: einen sich mild und väterlich fürsorglich gebenden, vielgestaltigen, allgegenwärtigen: die demokratisch legimitierte Verwaltungsdespotie« (Lit. 49).

Bruder Innenminister

Ein geheimnisvoller Überwachungsbruder ist das Computergedächtnis der Polizei. Es blickt auf eine verhältnismäßig lange Geschichte zurück: bereits am 1. Oktober 1968 startete der damalige Innenminister Soronics das Computerzeitalter für die Bundespolizeidirektion Wien mit dem berühmten Knopfdruck. Hofrat Dr. Helmut Ambrosi, als »Vater« des Polizeicomputers gewissermaßen der österreichische Bruder des vor kurzem pensionierten Chefs des deutschen Bundeskriminalamtes, Dr. Horst Herold, erinnert sich: Mangels ausländischer Erfahrungen, auf die man hätte zurückgreifen können, »blieb nichts anderes übrig, als ein eigenständiges österreichisches Produkt »Made in Austria« zu erfinden. Das Ergebnis war die Geburt des heute sowohl nationalen als auch international anerkannten ›Elektronischen Kriminalpolizeilichen Informationssystems‹, besser bekannt unter dem Namen EKIS« (Lit. 50).
Der Polizeicomputer in der Wiener Berggasse ist heute das Gehirn eines elektronischen Spinnennetzes, das ganz Österreich überdeckt: 120 Bildschirmterminals und 400 Fernschreibgeräte bei Polizei, Gendarmerie und Grenzkontrollstellen können auf EKIS rund um die Uhr direkt zugreifen. 150 Mitarbeiter bearbeiten das sechsköpfige Datenmonster: EKIS enthält Informationen über Strafregister, Personenfahndung, Personeninformation, Sachenfahndung, Kraftfahrzeugfahndung und -zulassung. Die Strafregisterdatei speichert knapp 400.000 Personen mit aufrechten Verurteilungen. Pro Jahr werden daraus 1,4 Millionen Mal Auskünfte erteilt. Die Personenfahndung erstreckt sich auf 13.000 Fahndungen (Haftbefehl oder Steckbrief) und 32.000 sonstige Fahndungen (Aufenthaltsermittlung); die Datei wird etwa 1 Million Mal pro Jahr konsultiert. An wen diese millionenfachen Auskünfte gehen, läßt sich im Detail nicht eruieren: das im Datenschutzgesetz gummiartig formulierte »Polizeiprivileg« verhindert, daß der

einzelne erfahren kann, ob er in EKIS gespeichert ist bzw. an wen die ihn betreffenden Daten weitergeleitet werden. Angesichts des enormen Datentransfers ist dieser Mangel an Transparenz zumindest bedenklich.
Hinter dem harmlosen Schlagwort »Personeninformation« verstecken sich vielfältige Daten für kriminalpolizeiliche und fremdenpolizeiliche Zwecke. Etwa 120.000 tatsächliche oder vermeintliche Delinquenten sind gespeichert, davon sind über 40.000 Suchtgiftler und fast ebensoviele Datensätze mit Angaben über entfremdete, verlorene und verfälschte Dokumente. Unklar ist, was für »Verdächtige« außerdem noch darin verewigt sind. Nach diesen Personeninformationen wird pro Jahr »nur« 800.000 mal gesucht. Die übrigen EKIS-Datensammlungen enthalten Personenbezogenes nur in untergeordnetem Umfang.
Vielfach kritisiert wurden die von der Polizei geführten Dossiers über wirkliche bzw. angebliche Geisteskranke. Bei der »Geisteskrankenevidenz« handelt es sich im wesentlichen um Aktenauszüge über Amtshandlungen der Sicherheitsorgane. Alle amtlich bekanntgewordenen Tatsachen anläßlich der Einweisung und Entlassung von Personen in/aus psychiatrische Krankenanstalten sind damit verewigt – da in der Regel Personen, die einen Selbstmordversuch verübt haben, psychiatrisch untersucht werden, sind auch diese in der Geisteskrankenevidenz erfaßt. Die händisch geführte Kartei steht unter der Aufsicht des Polizeichefarztes (der kein Psychiater ist).
Ich halte es für unvertretbar, eine solche Kartei zu führen: sie ist vor jeglicher Kontrolle verborgen; es gibt nicht einmal eine gesetzliche Grundlage, sie zu führen. Das Irrendossier ist deshalb meiner Ansicht nach schlicht und einfach illegal. Denn eine psychische Krankheit – so die Auffassung eines Beamten aus dem Justizministerium – ist kein Tatbestand, der zu besonderen Maßnahmen im Sinn des Kraftfahrgesetzes, Waffengesetzes oder Sprengmittelgesetzes Veranlassung geben könnte. Die Gefährlichkeit psychisch Kranker, so betonen Kritiker der Kartei, wird im allgemeinen weit überschätzt.
Daß dieses Dossier händisch geführt wird, hat den schwerwiegenden Nachteil, daß das nach dem Datenschutzgesetz gewährte Auskunftsrecht (siehe Seite 42) nicht in Anspruch genommen werden kann. Solche »besonders sensible Evidenzen«, empfiehlt daher die Datenschutzkommission in ihrem zweiten Bericht, sollten »auch dann, wenn sie konventionell geführt werden, den im Grundrecht garantierten Auskunfts-, Richtigstellungs- und Löschungsrechten unterworfen werden«. Dieser Wunsch dürfte allerdings auf lange Sicht unerfüllt bleiben: Die geplante Novelle zum Datenschutzgesetz ignoriert händisch geführte Karteien völlig.

Neben EKIS und der sogenannten Geisteskrankenevidenz gibt es im Polizeicomputer das sogenannte Administrative System: der Automatisierte Interpolindex APID speichert fast 200.000 Hinweise auf kriminalpolizeiliche Vorakte beim Landeszentralbüro der Interpol für Österreich. EDV-mäßig werden auch die Kriminalstatistik, die Einsätze der Flugpolizei, der Bereich Zivildienst und die Personalverwaltung abgewickelt. Bereits seit 1971 überprüft der Computer, ob Organmandate bezahlt wurden; wenn nicht, druckt er automatisch Computerstrafverfügungen aus. Ambrosi: »Zu diesem Zwecke wurden formatierte Sprüche für ca. 300 verschiedenen Delikte gespeichert«. Der Sachbearbeiter braucht nur mehr die verhängte Strafe einzusetzen und die Unterschrift zu leisten. Solcherart treibt der Computer an die 40 Millionen Schilling pro Jahr ein.

Normalbürger haben so gut wie keine Möglichkeit zu erfahren, ob sie im Polizeicomputer verewigt sind oder nicht (siehe Seite 44, 54). Die Arbeit der Kriminalpolizei würde – so führt man ins Treffen – erschwert, wenn jedermann, und damit auch (potentielle) Verbrecher, Einsicht bekämen. Denn wenn ein Verbrecher weiß, was die Polizei über ihn weiß, mag dies die Aufklärung einer Untat behindern. Ich halte diese Argumentation im Grundsatz für richtig. Zur Aufrechterhaltung der inneren Sicherheit müssen gewisse Informationszugangsrechte des Bürgers beschränkt werden. Zu diskutieren ist jedoch die Grenzziehung: zweifellos soll die Polizei über Schwerverbrecher, Terroristen und Suchtgifthändler Bescheid wissen. Wie aber steht es mit vergleichsweise harmlosen Delinquenten, oder mit Personen, die bloß eines Verbrechens verdächtig sind, und seien die Verdachtsmomente noch so schlüssig?

Manche Polizeibeamten hätten, so scheint mir, am liebsten alle Bürger kreuz und quer verdatet. Der schon erwähnte Ex-BKA-Chef Horst Herold spricht es deutlich aus: die Polizei, so Herold, sollte eine gesellschaftssanitäre Institution sein. Dem Visionär schwebt ein Polizeiapparat vor, der nicht nur Straftäter nach Bekanntwerden eines Verbrechen effizient verfolgt, sondern sogar vorbeugend wirkt. Ähnlich wie man in der Medizin von der rein kurativen Tätigkeit zunehmend zur präventiven übergeht, soll auch die polizeiliche Arbeit dazu beitragen, daß Verbrechen erst gar nicht begangen werden. Im Idealfall wäre dann die Polizei vor dem Täter am Tatort.

Diese Vision halte ich zumindest für problematisch. Wenn man einmal beginnt, in diese Richtung zu gehen, betritt man sofort – für unsere freiheitliche Gesellschaftsordnung – gefährlichen Boden. In diesem Zusammenhang denke ich an ein Forschungsprojekt, das untersuchte, inwieweit aus der Lebensgeschichte von Eltern vorausgesagt werden kann, ob deren

Kinder später straffällig werden. Zu diesem Zweck wurde ein ausgefeiltes Computerprogramm erstellt, und siehe da – die Prognosen trafen mit einem hohen Grad an Wahrscheinlichkeit zu (Lit. 51). Folgt man der Logik der Vorsorge-Polizisten, kommt man unmittelbar zu dem Schluß, die Kinder von Verbrechern müßten bereits in der Wiege vorsorglich erkennungsdienstlich behandelt, computerisiert und ihr Leben lang laufend überwacht werden.

Ein weiteres Problem besteht mit Hinblick auf »Bekannte« von Verbrechern. Nicht wenige Kriminalbeamte sind der Meinung, auch diese müßten als potentiell verdächtig eingestuft werden. Nicht unbedingt, weil sie auch Verbrecher sein könnten; schon eine Mithilfe durch Schweigen könnte schließlich Bedeutung haben. Dabei stellt sich aber die Frage, wie genau die polizeilichen Recherchen eigentlich sind. Aus der Bundesrepublik Deutschland sind mehrere Fälle bekannt, wo beispielsweise der Militärische Abschirmdienst in skandalöser Weise schlampig ermittelte (etwa im Fall des pensionierten NATO-Generals Dr. Günter Kießling). Ich habe keinen Grund zur Annahme, daß österreichische Beamte weniger sorgfältig recherchieren als deutsche; genauer als letztere dürften sie allerdings auch nicht arbeiten ...

Mag sein, daß viele Befürchtungen hinsichtlich der Polizeicomputer unbegründet sind; aber eben weil die dort gespeicherten Daten vom Mantel der Geheimhaltung geschützt werden, ist Mißtrauen beim Bürger schnell erwacht. Etwas mehr Transparenz, so behaupte ich, könnte hier im Interesse aller Abhilfe schaffen. Schön wäre es, wenn man der Bevölkerung überzeugend vor Augen führte, in welcher Weise die Korrektheit der Arbeiten kontrolliert wird. Auch Kriminalbeamte sind nämlich nur Menschen und können irren: im November 1983 beispielsweise wurde – wie bereits in der Einleitung zu diesem Buch erwähnt – bekannt, daß ein Klagenfurter Kriminalbeamte einen schwungvollen Datenhandel aufgezogen hatte. So lieferte er um rund 50.000 Schilling geheime Unterlagen an ein Detektivbüro. Der Datenmißbrauch fiel durch Zufall auf: bei einer Gerichtsverhandlung wunderte man sich, wie gut ein Rechtsanwalt über seinen Prozeßgegner informiert war. Im Jahre 1978 erregte ein Beamter der Interpol Aufsehen, weil er einem Privatdetektiv Auskünfte über Fahndungen und polizeiliche Vormerkungen verkauft hatte. Der Beamte kam mit einer bedingten Strafe davon (Lit. 52).

Abschließend sei nochmals (siehe Seite 45) auf ein grundsätzliches Manko im Polizeibereich verwiesen. Es gibt in Österreich bis heute kein Polizeibefugnisgesetz das bestimmt, was ein Polizist tun darf und was nicht. Deshalb ist der »nahezu unbeschränkte Widmungsspielraum und damit die weitgehende Selbstbestimmung von datenschutzrechtlichen Freiräumen«, bedingt durch die auf Seite 44 erwähnten Ausnahmebestimmungen im Datenschutzgesetz, besonders problematisch. Dem Staat werde im Polizeibereich, so Bernd-Christian Funk, die »Verlockung zum Rückzug in eine Datenschutzoase vom Gesetz selbst geradezu auf dem Präsentierteller überreicht«. Es bleibe der Verwaltung weitgehend selbst überlassen, durch eine entsprechende Datenwidmung möglichst viel in die vom Gesetz eröffnete Datenschutznische einzubringen. Funk: »Das Datenschutzgesetz geht nun soweit, die daraus resultierenden Freiräume geradezu zum konstitutiven Prinzip für die Bestimmung von Datenschutzoasen zu erheben. Damit schließt sich das Gesetz übrigens auch zwanglos jener, in der Wissenschaft immer wieder vergeblich kritisierten Tradition an, die auf die Erhaltung gewisser vorrechtsstaatlicher Freiräume im österreichischen Polizeirecht gerichtet ist« (Lit. 53).

Mit anderen Worten: Die Polizei darf in sehr weiten Grenzen tun und lassen, was ihr beliebt. Ein unhaltbarer Zustand.

Bruder Militär

Im Bereich der Landesverteidigung liegen die Dinge ähnlich. Auch hier findet sich nicht weniger an Unbestimmtheit und Selbstbestimmbarkeit als im Polizeivorbehalt. Vor allem der Vorbehalt »für Zwecke der umfassenden Landesverteidigung« kann, so Funk, wie die aus der Mythologie bekannte Berührung durch König Midas wirken. »Umfassende Landesverteidigung« erstrecke sich potentiell auf alle Gegenstände der Gesetzgebung und Vollziehung. Funk: »Das Übermaß dieser Verwaltungsautonomie dürfte auch dem Gesetzgeber bedenklich erschienen sein, bedarf doch die genaue Festlegung der Datenverarbeitung für Zwecke der umfassenden Landesverteidigung einer zu erlassenden Verordnung«. Diese Verordnung gibt es bis heute nicht; nach Auffassung von Bernd-Christian Funk ist dieser Passus im Datenschutzgesetz darüber hinaus verfassungswidrig. Anderseits ist natürlich einsichtig, daß auch die Militärs auf Geheimhaltung bedacht sind. Außerdem brauchen sie Unterlagen über die Tauglichkeit wehrpflichtiger Österreicher. Beschränkte sich früher die diesbezügliche Untersuchung bei der Musterung eher auf oberflächliche Merkmale (z.B. Plattfuß), wird heute jeder angehende Präsenzdiener nach allen Regeln der Medizin analysiert und anschließend computerisiert: vom Blutdruck bis zum Körpergewicht, vom Harnsäurespiegel bis zur Muskelleistung wird der Körper jedes Soldaten vermessen, und nicht nur das: in

ausgefeilten Leistungstests werden die Jungmänner auf Hirn und Psyche untersucht. Die Begründung klingt einleuchtend: die Leistungserfassung diene dazu, den richtigen Wehrmann an die richtige Position zu bringen. So ist es immer bei der EDV: die Effizienz soll gesteigert werden.
Abgesehen davon, daß die computerisierte Musterung ein hervorragendes Instrument zur Erfassung des Gesundheitszustandes der männlichen österreichischen Jugend ist, bin ich dennoch nicht restlos überzeugt, daß Erhebungen in diesem Umfang tatsächlich notwendig sind. Und dies ganz abgesehen von dem grundrechtlich angeblich garantierten »Recht auf die Privatsphäre«: ist wirklich bewiesen, daß die erheblichen Mehrkosten dieser Totalerfassung den möglichen Effizienzgewinn aufwiegen?
Nicht verschwiegen werden soll an dieser Stelle allerdings, daß Datenschutz begrüßenswerten Absichten auch hinderlich sein kann. Der ärztliche Leiter der Wehrdiener-Diagnosestraße in St. Pölten, Dr. Peter Rainer Harbach, berichtet beispielsweise, daß immer wieder Personen zur Musterung kommen, die zwar Führerscheine aller möglichen Kategorien haben, aber so schlecht sehen, daß sie eigentlich keinen Führerschein haben dürften. Das Datenschutzgesetz verbiete aber die Meldung dieses Befundes an die zuständige Bezirkshauptmannschaft. »Ein Wahnsinn«, kommentiert der Militärarzt.
Bevor wir uns nun mit den kleinen »Großen Brüdern« im Bereich der Unternehmen auseinandersetzen, soll noch kurz das »Zentrale Ausweichsystem« erwähnt werden, der verbunkerte Staats-Zentralcomputer für den Krisenfall. Sehr viel ist darüber nicht bekannt. Allem Anschein nach werden die Datenbestände von Ministerien und anderen Behörden in regelmäßigem Abständen kopiert und die Duplikate in einem Bunker bei St. Johann in Pongau für den Einsatz im Krisenfall gelagert. Möglich, daß von dort eine Datenleitung in die Wiener Stiftskaserne reicht. Die Vorsorge für den Krisenfall ist sicher nützlich und notwendig, aber: die Datenbestände im Regierungsbunker sind keiner wie immer gearteten datenschutzrechtlichen Kontrolle unterworfen. Die dort vorhandene Datenfülle kann jederzeit EDV-technisch verknüpft werden. Ich behaupte nicht, daß dies geschieht. Ich weiß allerdings, daß es technisch machbar ist. In diesem Zusammenhang wird – daher kommt so mancher Verdacht – immer wieder das Heeresnachrichtenamt genannt, vor dem nicht einmal Politiker sicher sein dürften: Sogar Verteidigungsminister Frischenschlager war angeblich in den sechziger Jahren als Chef des rechtsgerichteten »Ringes Freiheitlicher Studenten« in den Akten verewigt. Ein Sperrvermerk sollte verhindern, daß der Politiker als Geheimnisträger verwendet wird. Die Akten wurden, wie immer wieder versichert wird, bereits vor Jahren abge-

schafft. Datenschützer Dr. Kurt Bednar ist allerdings pessimistisch: »Wir werden nie erfahren, was wirklich los ist«. Der Kärntner Journalist Othmar Wagner erzählt weitere Gerüchte: vom Heeresnachrichtenamt (HNA) sollen ausführliche Akten über Zivildiener angelegt werden, wie man aus Kreisen des »Roten Kreuzes« hören könne. Unter Journalisten werde außerdem gehandelt, der halbe Berufsstand gebe sich ein Stelldichein in Stapo-Archiven. Demonstrierende Studenten und politische Links- wie Rechtsaußen wollen observierende Geheimdienstbeamte hinter jedem Baum entdecken. Schließlich verletze man das Gebot der Neutralität durch enge Zusammenarbeit mit der NATO und dem deutschen Bundesnachrichtendienst (Lit. 54).

Bruder Firmenchef

Wir haben bisher die Sammlung personenbezogener Daten durch Behörden beschrieben. Damit ist allerdings nur ein – wenn auch sehr wichtiger – Teil der Verdatung des Individuums erfaßt. Auch in der Wirtschaft werden in zunehmendem Ausmaß »Personalinformationssysteme« eingeführt, die zahlreiche Aufgaben erfüllen. Während in kleineren Unternehmen der Personalchef oder der Unternehmer selbst zahlreiche Einzelheiten über seine Arbeitnehmer, die ihm für die Unternehmensführung wichtig erscheinen, im Gedächtnis hat und die Verarbeitung personenbezogener Daten für administrative Zwecke häufig noch händisch erfolgt, hat sich die automatische Datenverarbeitung in größeren Betrieben bereits weitgehend durchgesetzt. Da leistungsfähige Kleincomputer zunehmend preisgünstiger werden, ist es aber nur eine Frage der Zeit, bis die Computerisierung des Arbeitslebens auch in Kleinbetrieben Einzug hält.

Aus der Sicht des Datenschutzes haben die genannten Personalinformationssysteme besondere Bedeutung. Sie liefern Informationen über Personalstand, Personalentscheidungen (Stellenbesetzungen, Kündigungen, Beförderungen usw.), Qualifikation und Einsatzmöglichkeiten, Schulung und Weiterbildung, Personalplanung, Sozialleistung und anderes. Daß Personaldaten zwecks Lohn- und Gehaltsverrechung computerisiert und auch teilweise den zuständigen Sozialversicherungsträgern übermittelt werden, stößt in der Praxis kaum auf Widerstand. Die Einführung sogenannter »dispositiver Systeme« dagegen wird bei Gewerkschaften und Betriebsräten heftig diskutiert. Wenn ein Unternehmen Leistungs- und Krankheitsdaten der Angestellten und Arbeiter EDV-mäßig erfaßt, diese verknüpft und als Entscheidungsgrundlage für allfällige Kündigungen be-

nützt, so mag dies für den Unternehmer nützlich sein, seine Mitarbeiter werden dies jedoch in der Regel als Überwachung und Eingriff in die Privatsphäre empfinden.
Ein besonders krasses Beispiel für die Erfassung von intimen Daten lieferte das Wiener Rathaus, das – wie auf Seite 64 dargestellt – auch in anderer Hinsicht viele Merkmale eines »Großen Bruders« verwirklicht: wer sich für den Posten eines Hauswarts in einem städtischen Wohnhaus bewirbt, wird einem psychologischen Test unterzogen, in welchem Fragen wie: Wie oft gehen sie mit Ihrem Lebensgefährten ins Bett? Wie oft machen Sie Sex? Wie ist Ihr Stuhlgang? Wie war Ihr Stuhlgang als Kind? enthalten sind. Der zuständige amtsführende Stadtrat, Ing. Fritz Hoffmann, stellt – wie auf Seite 7 erwähnt – die Existenz dieses Tests gar nicht in Abrede, sondern versucht ihn mit dem Argument zu begründen, vom Hauswart würden besondere Fähigkeiten und Eignungen erwartet.
Wir sehen also: mit schön klingenden, scheinheiligen Begründungen läßt sich offenbar jede, auch noch so ungeheuerliche Datengier rechtfertigen. Etwa gleichzeitig beschloß die Wiener Rathausspitze, umfassende Eignungsprofile der Magistratsangestellten zu erheben und computermäßig auszuwerten: ein sogenannter »Mitarbeiterbeurteilungs- und förderungsbogen« soll angeblich eine Objektivierung der Mitarbeiterbeurteilung und eine bessere Ausschöpfung der »Begabungsreserven« ermöglichen. Die Eignung der Betroffenen wird mit ausgezeichnet, sehr gut, gut, ausreichend, minder entsprechend und nicht entsprechend benotet. Gefragt wird nach der äußeren Erscheinung, dem mündlichen und schriftlichen Ausdrücksvermögen, dem Verhalten gegenüber Vorgesetzten, Gedächtnis, dem Fleiß, Arbeitstempo, Initiative, Entscheidungsfreude und anderem. Bislang hat lediglich der Gewerkschaftliche Linksblock GLB massiv gegen diese Aktion protestiert. Obwohl ich nicht dem GLB angehöre, scheint mir das Ganze aus mehreren Gründen ebenfalls bedenklich: Die Beurteilung von Fähigkeiten wie »äußere Erscheinung« oder »Entscheidungsfreude« setzt subjektive Wertmaßstäbe voraus, die in hohem Maße von der Einstellung des Beurteilenden abhängen. Ich halte es nicht für denkbar, sie in ein objektiv zu ermittelndes Schema zu pressen. Die Persönlichkeit des Arbeitnehmers wird auf diese Weise mehr oder minder willkürlich in Teilbereiche zerlegt, die nicht genau abgrenzbar und definierbar sind und mit Noten belegt, die nicht objektivierbar sind. Mit diesen Informationen werden dann formalisierte Verarbeitungen vorgenommen, die als Entscheidungsgrundlage für die Einstufung der Gesamtpersönlichkeit herhalten sollen. Dieses Ziel dürfte aber aus den angegebenen Gründen schlechterdings unerreichbar sein. Man kann einwenden, daß

schon bisher die Beurteilung von Arbeitsnehmern – von der Einstellung bis zur Kündigung – von subjektivem Urteil des Arbeitgebers abhängig war; dieser kann ja auch irren (und hat sicherlich geirrt). Man dürfe also vom computerisierten Personalinformationssystem nicht verlangen, daß es »fehlerfrei« arbeite, sondern müsse seine Trefferqualität jener der Persönlichkeitsbewertung von Mensch zu Mensch gegenüber stellen. Ein solcher Vergleich scheint mir allerdings kaum durchführbar.
Abgesehen davon erheben sich aus der Sicht des Datenschutzes zusätzliche Bedenken. Private Unternehmer dürfen Daten zum Zwecke des automatisationsunterstützten Datenverkehrs nur insoweit ermitteln und verarbeiten, als ein berechtigter Zweck besteht und dabei schutzwürdige Interessen des Betroffenen nicht verletzt werden. Der »berechtigte Zweck« ergibt sich aus dem Gesellschaftsvertrag, den Vereinsstatuten, der Gewerbeberechtigung, Bank- und Versicherungskonzession und der sonstigen allgemein üblichen Hilfsfunktion der Betriebsführung. Auf Grund einschlägiger Rechtsvorschriften ist der Arbeitgeber verpflichtet, eine Reihe von personenbezogenen Daten seiner Arbeitnehmer aufzuzeichnen (Lohn- und Gehaltsverrechnung, Abgaben- und Sozialversicherungswesen, Lehrlingswesen, Arbeitnehmerschutz, Durchführung von Gehaltsexekutionen usw.). Für ein entsprechendes Personalmanagement benötigt er darüber hinaus in gewissem Umfang Daten über Eignung, Verläßlichkeit, Leistungsfähigkeit usw. »In diesem Sinne wäre nicht zu bezweifeln«, so Dr. Alfred Duschanek, Datenschutzexperte der Bundeswirtschaftskammer, »daß die logische Zusammenfassung der im Betrieb über einen Arbeitnehmer gesammelten Informationen zu einer arbeitsplatzbezogenen Persönlichkeitsbeurteilung bzw. zu einem Qualifikationsprofil zum ›berechtigten Zweck‹ des Arbeitgebers zählt; ist es aber mit den ›schutzwürdigen Interessen‹ des Arbeitnehmers vereinbar, wenn dieser Prozeß maschinell vor sich geht und sein automatisiert ermitteltes Ergebnis unmittelbar in Personalentscheidungen einfließt?« (Lit. 55).
Die Abgrenzung zwischen »berechtigtem Zweck« des Datenverarbeiters (hier des Unternehmers) und den »schutzwürdigen Interessen« der betroffenen Mitarbeiter kann allerdings genauso wenig allgemeingültig getroffen werden, wie bei den Informationsansprüchen des Staats gegenüber seinen Bürgern (siehe Seite 25). Hinsichtlich der Qualifikationsprofile bin ich aber grundsätzlich skeptisch, nicht deshalb, weil sie die Privatsphäre verletzen können, sondern weil ich bezweifle, daß sie eine taugliche Grundlage für die Persönlichkeitsbeurteilung abgeben.

Einspruch gegen Telefonkontrolle

Sehen wir uns einige konkrete Fälle an, bei denen es um Datenschutzfragen ging: ein Wiener Unternehmen führte eine mikroprozessorgesteuerte Telefonanlage ein und benützte sie, die jeweils anrufende Klappe, angewählte Nummer, Datum, Uhrzeit des Gesprächsbeginns, Dauer des Gesprächs und Anzahl der Gebühreneinheiten zu speichern und abzufragen. Der Betriebsrat erhob dagegen Einspruch und argumentierte dem Einigungsamt gegenüber, damit käme es zu Kontrollen, welche die Menschenwürde in eklatanter Weise verletzten. Das Einigungsamt Wien stellte fest, daß solche Kontrollen die Menschenwürde der Arbeitnehmer berührten und damit gemäß Arbeitverfassungsgesetz der Zustimmung des Betriebsrates bedürften. »Die Menschenwürde wird insbesondere dann berührt«, begründete das Einigungsamt, »wenn die Kontrollmaßnahmen in dem davon betreffenen Arbeitnehmer das dauernde Gefühl einer potentiellen Überwachung entstehen lassen«. Angst, Ungewißheit über Art, Umfang der Kontrolle und ihre Auswirkungen, fehlende Einflußmöglichkeiten des Arbeitnehmers auf diese Kontrolle und die Verwendung der Ergebnisse durch den Arbeitgeber seien ausschlaggebend.
Man müsse abwägen, ergänzt Bernd Christian Funk, ob Eingriffe wie die Schaffung eines Telefonüberwachungssystems dem Grundsatz der Verhältnismäßigkeit entsprechen. »Im konkreten Fall wird man annehmen dürfen«, so Funk, »daß eine laufende und nachhaltige Überwachung eher nicht eine wesentliche Voraussetzung für die Erfüllung gesetzlicher Aufgaben des Dienstgebers darstellt, zumal es auch andere Möglichkeiten der Dienstaufsicht gibt, um Telefonmißbräuche zu verhindern«.

Der Fall PAISY

Besondere Beachtung verdient der seit Jahren währende Grundsatzstreit über die Einführung und Anwendung eines elektronisch gesteuerten Personal- und Informationssystems, PAISY genannt, bei der Adam Opel AG in Rüsselsheim. Mit diesem Computersystem wird es möglich, beispielsweise länger dauernd erkrankte Mitarbeiter per Datensuchlauf zu kontrollieren und häufig erkrankte und unentschuldigt fehlende Mitarbeiter per Knopfdruck herauszusuchen. Die Gewerkschaft protestierte. Es ging bei dem nachfolgenden Streit im wesentlichen um die Absicht des Unternehmens, Krankendaten von Mitarbeitern zu speichern und diese mit anderen Daten zu kombinieren. Das Landesarbeitsgericht bejahte einerseits anläß-

lich dieses Verfahrens das Mitbestimmungsrecht des Betriebsrates bei der Einführung solcher EDV-Systeme, entschied aber den umstrittenen Punkt der Krankenerfassung zugunsten der Unternehmenleitung. Nach dem Spruch des deutschen Einigungsamtes ist es dem Unternehmen somit erlaubt, einen Teil der kranken Mitarbeiter computermäßig zu erfassen.
Auch in Österreich läuft gegenwärtig eine Diskussion, an der die Opel AG mittelbar beteiligt ist: die Firma General Motors will die Daten für Lohnverrechnung, Zeiterfassung, Urlaub, Krankheit usw. der Mitarbeiter ihres Werkes in Aspern in den Zentralrechner nach Rüsselsheim exportieren. Die Datenschutzkommission erteilte die erforderliche Zustimmung. In Österreich kann jetzt niemand mehr kontrollieren, ob der Zentralcomputer in der BRD die einzelnen Teildatensysteme miteinander verknüpft. Damit ist ein Problem des internationalen Datenverkehrs virulent geworden, das wir an anderer Stelle näher betrachten wollen (siehe Seite 110).
Proteste erregte auch die Einführung eines Personalinformationssystems bei der VOEST-Alpine. Der Betriebsrat wurde darüber erst informiert, als der Investitionsantrag im Ausmaß von 15,5 Millionen Schilling bereits genehmigt war.

Schwungvoller Datentransfer

Problematisch ist auch die Frage, an wen außerhalb des Unternehmens Personaldaten übermittelt werden. Das Datenschutzgesetz bestimmt, daß eine solche Übermittlung nur zulässig ist, soweit der Betroffene ausdrücklich schriftlich zugestimmt hat, die Übermittlung von Daten zum berechtigten Zweck des Arbeitsträgers gehört oder die Übermittlung zur Wahrung überwiegender berechtigter Interessen eines Dritten notwendig ist. Hier ist also in zweifacher Weise ein Graubereich gegeben: der bereits mehrfach erwähnte, dehnbare Begriff »berechtigter Zweck« und die nicht minder vage Formulierung »Wahrung überwiegender berechtigter Interessen eines Dritten«. Konkret geht es dabei um die Frage, ob Rechtsanwälte, Inkassobüros, Arbeitgeber, ehemalige Arbeitnehmer, Unternehmen (für Werbezwecke) oder Vereine wie der ÖGB Auskunft über Arbeitnehmer, sei es auch nur deren Namen und Adressen wünschen.
Sehen wir uns an Hand eines Beispiels an, wie die Praxis aussieht: Die österreichischen Bundesbahnen meldeten ein umfassendes Personalinformationssystem beim Datenverarbeitungsregister an und erhielten die Genehmigung, 71 Datenarten zu ermitteln und Übermittlungen an 14 Empfängerorganisationen zuzulassen.

Die Personaldaten umfassen neben Personalnummer, Sozialversicherungsnummer, Name, Titel, Familienstand und Anschrift zahlreiche berufsbezogene Daten (ärztliche Tauglichkeit, Verwendungsbeschränkungen usw.), aber auch Nebenbeschäftigungen, Dienststrafen, Rechts- und Verwaltungsstrafen, Krankenstände (Anzahl, Art, Dauer, Diagnose), Einweisung in Heilstätten, Gewerkschaftszugehörigkeit und Bankverbindung; des weiteren sind Informationen über Ehegatten, Kinder und Pensionsempfänger sowie deren Ehegatten computerisiert, desgleichen Lehrlinge, Lehrstellenbewerber und Amtsärzte. Personendaten werden übermittelt an: Bundeskanzleramt, Sozialministerium, Landesinvalidenämter, Gerichtsbehörden, Finanzbehörden, Sozialversicherungsträger, Versicherungsanstalt der österreichischen Eisenbahnen, Gemeinden, Geldinstitute, österreichische Beamtenversicherung, ÖGB (Gewerkschaft der Eisenbahner), Kulturverein der österreichischen Eisenbahner, Waisen-Unterstützungsverein der ÖBB und zentrale Arbeitsgruppe für berufspsychologische Grundlagenforschung in Salzburg.

Ich kann mir kaum vorstellen, daß die Beamten des Datenverarbeitungsregisters geprüft haben, inwieweit diese Übermittlungen gerechtfertigt sind, was an Verknüpfungen der Persönlichkeitsdaten zwecks Erstellung von Profilen durch Außenstehende de facto ermöglicht wird und was die zahlreichen Empfänger der Daten noch damit anfangen könnten. Ich bezweifle, daß man sich ausreichend überlegt hat, ob in diesem Fall nicht »der berechtigte Zweck« zu groß und die »schutzwürdigen Interessen der Betroffenen« zu klein geschrieben wurden; ich kann dies zwar nicht konkret beweisen. Eine derart umfassende Datenerhebung und -Übermittlung wie im Fall der österreichischen Bundesbahnen erscheint mir allerdings sogar ohne näheres Überprüfen zumindest problematisch.

Leistungserfassung per Computer

Kehren wir aber nochmals zum innerbetrieblichen Bereich zurück. Die Einführung der EDV-Technik in Verwaltung, Büro und Produktion bringt es mit sich, daß in zunehmendem Ausmaß Arbeitsvorgänge an eine Mensch/Maschine-Schnittstelle verlagert werden, durch die der Mensch in Kontakt zu einem Computer tritt. Dadurch sind neue Möglichkeiten der Leistungserfassung gegeben: Computerprogramme erheben, wie schnell eine Sekretärin tippt, die Handlangerdienste von Fließbandarbeitern werden systematisch überwacht, die Arbeitsleistung eines Konstrukteurs am Bildschirm wird EDV-mäßig festgehalten ... Eine solche Computerüberwachung mag für allgemeine Wirtschaftlichkeitsüberlegungen herangezogen werden und für diesen Zweck sinnvoll sein. Als Grundlage für Personalentscheidungen scheint sie mir weitgehend unbrauchbar: Die Tippgeschwindigkeit einer Sekretärin gibt keine Auskunft darüber, wie viele Fehler sie dabei macht (mir persönlich ist eine Schreibkraft, die langsam, aber korrekt schreibt, lieber als eine solche, die schnell und schlampig tippt). Darüber hinaus ist die Schreibgeschwindigkeit nur ein kleiner Ausschnitt aus der Leistung eines Arbeitnehmers. Ich kann mir beispielsweise durchaus vorstellen, daß eine Sekretärin, die sehr effizient den Bildschirm bedient, aufgrund einer Vorliebe zu intrigieren das Betriebsklima vergiftet, eine andere aber, die mit dem Textautomaten eher auf Kriegsfuß steht, menschliche Bezugsperson für ihre Kollegen und dadurch für die Motivation im Betrieb von nicht zu unterschätzender Bedeutung ist. Reduziert man die Leistungserfassung auf die EDV-mäßige Erhebung von einzelnen Leistungsdaten nach quantitativen Gesichtspunkten, sind daher Ergebnisse zu erwarten, die dem Unternehmen auf lange Sicht eher schaden als nützen dürften. Aus diesem Grund glaube ich, daß die EDV-Wut der Personalplaner eine vorübergehende Mode sein wird: man wird erkennen, daß die automationsunterstützte Leistungserfassung nur in eng umschriebenen Bereichen sinnvoll ist und im übrigen zu neuen (alten?) Methoden übergehen.

Adreßverlage und Auskunfteien

Wohl die meisten Beschwerden in Datenschutzfragen kommen von Personen, denen unverlangt Werbematerial per Computerbrief zugesandt wurde. Meist wollen die Betroffenen wissen, woher denn die Werbefirma Name und Anschrift habe. Viel Ärger entsteht auch, wenn eine politische Partei eine persönlich gehaltene Aussendung macht und dabei (versehentlich oder absichtlich) auch Mitglieder einer anderen Partei erwischt.
Es zeigt sich damit, daß der einzelne Bürger sehr wohl seine persönlichen Daten geschützt wissen will, wenn sogar bloß die Tatsache, daß sein Name und seine Anschrift jemandem bekannt sind, zu Protesten führt. Durch den Werbebrief erfährt er dies ganz konkret. Der Handel mit Adreßlisten ist aber unvergleichlich »harmloser« als so manche Datenübermittlung, die in diesem Kapitel besprochen wird. Offenbar kommt es aber einzig und allein darauf an, ob ein Betroffener in einem konkreten Anlaßfall erfährt, daß er irgendwo verdatet ist. Für alles andere gilt: »Was ich nicht weiß, macht mich nicht heiß«.

Zahlreiche Adreßverlage und Adreßbüros betreiben einen schwungvollen Handel mit Namen und Anschriften von potentiellen Käufern von Waren und Dienstleistungen. In den meisten Fällen kommt zu Name und Anschrift noch ein weiteres Kriterium hinzu: Wenn jemand etwa anläßlich eines Preisausschreibens angekreuzt hat, er lese gern Bücher, wird angenommen, daß er auch gerne Bücher kauft – die Kenntnis dieser Vorliebe ist für Verlage und Buchhändler von kommerziellem Interesse. Wer jemals über Versand einen Artikel bestellt hat, der muß damit rechnen, daß diese Tatsache auch Eingang in eine oder mehrere Adreßlisten findet. Nicht selten werden Adreßlisten auch ermittelt, um besonders zahlungskräftige Kunden, Personen mit einem bestimmten Hobby (Briefmarkensammler usw.) oder bestimmte Altersgruppen anzusprechen. In vielen Fällen sind solche Adreßlisten an sich kein Geheimnis: Die Namen und Anschriften von Ärzten kann man dem Telefonbuch oder dem Handbuch für die Sanitätsberufe entnehmen (solche Verzeichnisse werden allerdings nicht dazu angelegt, damit sich Werbefirmen ihrer bedienen – so gesehen, läge in diesem Fall eine datenschutzrechtlich problematische Zweckentfremdung vor); für Firmen bestimmter Branchen gibt es eigene Verzeichnisse; auch Listen von Mitgliedern mancher Vereine sind ohne weiteres erhältlich. Da und dort gibt es wohl auch Adreßlisten, die auf illegale Weise – etwa von einer Behörde – beschafft wurden.

Wenn ich oben behauptet habe, daß der Adreßhandel im Vergleich zu anderen Formen des Datenverkehrs eher unproblematisch ist, so soll dies nicht heißen, daß nicht auch hier unhaltbare Mißstände auftreten: So beschwerte sich der Student Paul Löscher (Name geändert), weil er von Beate Uhse per Post Werbematerial erhalten hatte, wobei aus dem Adreßpikkerl zu ersehen war, daß seine Anschrift automatisationsunterstützt verarbeitet worden war. Eine DVR-Nummer, so Löscher, sei jedoch nicht angegeben worden. Er schrieb deshalb an Beate Uhse und ersuchte um Auskunft gemäß Datenschutzgesetz. Die Firma schrieb ihm daraufhin Auskunftskosten in der Höhe von ÖS 150.- vor. Löscher bezahlte und erhielt schließlich die Antwort, daß keine Daten über ihn durch Beate Uhse gespeichert worden seien.

Anzunehmen ist in diesem Fall, daß Beate Uhse die Aussendung gar nicht selbst vorgenommen, sondern ein Adreßbüro damit beauftragt hat. Offenbar war man der Meinung, man sei nicht verpflichtet, dem Beschwerdeführer dieses Adreßbüro bekanntzugeben. Dabei zeigt sich, daß mit den Bestimmungen des geltenden Datenschutzgesetzes dieses Problem offenbar nicht zu lösen ist: Derjenige, dessen Werbematerial versendet wird, kann sagen, daß er selbst keine Datenverarbeitung betreibt. Er ist damit gemäß dem geltenden Datenschutzgesetz zu keinen weiteren Auskünften verpflichtet. Da der Adreßverlag dem Betroffenen nicht erkennbar ist, kann er sich auch nicht an diesen mit seinem Auskunftsbegehren wenden. Der Betroffene ist also völlig im unklaren darüber, von wem die Adreßetiketten stammen.

Gemäß den Bestimmungen des Datenschutzgesetzes wird der Betroffene, der seine Rechte wahren will, auf den Zivilrechtsweg verwiesen, um allenfalls die DVR-Nummer des Adressbüros erfahren zu können. Die Adreßbüros sind aber zum Teil Verlage, die das Medienprivileg (siehe Seite 32) in Anspruch nehmen, sodaß sie aus diesem Grund nicht zur Auskunft verpflichtet sind. Die Auskunftsverpflichtung reißt damit ab, und der Betroffene kann unter Umständen nicht einmal durch den Prozeß den Adreßverlag ausfindig machen, der seine Daten gespeichert hat (in dem erwähnten Fall hat der Verein für Konsumentenuntersuchung die Kosten für einen Musterprozeß übernommen).

Problematisch erscheinen vielen auch die sogenannten Auskunfteien. Von Detektivbüros abgesehen, die von eifersüchtigen Ehegatten konsultiert werden, um zu erfahren, ob der Partner Seitensprünge macht, werden Auskunfteien meist befragt, um die Kreditwürdigkeit einer Person ausfindig zu machen. Mißbräuchliche Kreditauskunft war vor allem in den Vereinigten Staaten ein wesentlicher Motor für die Entstehung von Datenschutzgesetzen (siehe Seite 34).

Ohne Kredit als Überlassung von Geld, Waren oder Leistung im Vertrauen auf spätere vereinbarungsgemäße Rückzahlung wäre die Volkswirtschaft in der heutigen arbeitsteiligen Form wohl nicht funktionsfähig. Dieses Vertrauen verlangt die Nachprüfung und Kenntnis der Kreditwürdigkeit. Hatte der Kaufmann in früherer Zeit stets persönlichen Kontakt mit seinen Geschäftspartnern, kommt es heute durch die Zunahme von »Distanzgeschäften« und die weitreichende Anonymisierung des Wirtschaftsverkehrs zu einer Situation, in der der Kreditgeber in den meisten Fällen nicht von vornherein beurteilen kann, ob der Kreditsuchende Vertrauen verdient.

Deshalb kam es zur Entstehung der Wirtschaftsauskunfteien. Eine ähnliche Funktion wird übrigens auch von Gläubigerschutzgemeinschaften wahrgenommen, die in Vereinsform gegründet werden und ihren Mitgliedern derartige Informationen beschaffen. In Österreich gibt es ein organisiertes Auskunftswesen etwa ab 1860. Im Jahre 1870 wurde in Wien die erste Gläubigerschutzgemeinschaft Kontinentaleuropas gegründet.

Der Betrieb von Informationsbüros zur Auskunftserteilung über Kreditverhältnisse ist an eine Konzession gebunden. Demnach sind Auskunfteien über Kreditverhältnisse berechtigt, Auskünfte über Kreditverhältnisse zu verteilen, wenn diese zu geschäftlichen Zwecken verlangt werden. Sie sind nicht berechtigt, Auskünfte über private Verhältnisse zu vermitteln (dazu sind die schon erwähnten Berufsdetektive da, die in der Österreichischen Gewerbeordnung in einem eigenen Paragraphen geregelt sind). Die Auskunfteien beschaffen sich zunächst Informationsmaterial aus allgemein zugänglichen Quellen (Handelsregister, Grundbuch, Wiener Zeitung usw.) und halten diese evident. Zur Beantwortung einer aktuellen Auskunft reichen diese Archive aber in der Regel nicht aus. Zusätzlich sind deshalb Recherchen nötig. Branchenüblich ist dabei die Einholung einer »Selbstauskunft« von der betreffenden Person, um ihr Gelegenheit zur Stellungnahme zu geben. Wie gut die auf anderem Weg erhaltenen Informationen sind, hängt im wesentlichen vom Geschick des Rechercheurs ab; kein Wunder, daß nicht selten versucht wird, auch Quellen anzuzapfen, die legalerweise Informationen nicht übermitteln dürfen – wie überall, gibt es auch hier schwarze Schafe.

Auf diese hat es insbesondere die österreichische Arbeiterkammer abgesehen. Ein effektiver Datenschutz, so eine Stellungnahme des Österreichischen Arbeiterkammertags, verlange auch eine Kontrolle jener Unternehmen, die Daten gewerbsmäßig sammeln und auswerten. Die Gewerbeordnung regle Auskunfteien über Kreditverhältnisse, Berufsdetektive sowie das freie Gewerbe der Adressenbüros. Zum Schutz des Kunden vor Vermögensschäden sollten diesen Gewerbetreibenden aber durch Verordnungen Auflagen gemacht werden. Solche Verordnungen wurden aber bislang nicht erlassen.

Bruder Pfarrer

Nun sollen noch Datensammler erwähnt werden, die sich in den letzten Jahren nicht gerade rühmlich hervorgetan haben: die Religionsgemeinschaften. Auch sie haben Computer, in welchem jedes ihrer Schäflein mit einer Nummer versehen gespeichert ist. Die Kirche benützt EDV in erster Linie zur Spendenerfassung für kirchliche Zwecke und zur Verwaltung der Kirchenbeiträge.

Zur möglichst vollständigen Erfassung aller römisch-katholischen Staatsbürger beispielsweise dürfen – ein weiteres Privileg im Datenschutzrecht – Mitarbeiter der Kirchenbeitragsstellen die magistratischen Haushaltslisten durchsehen und darin enthaltene Informationen für die Vorschreibung des Kirchenbeitrages auswerten.

In der Praxis werden solche Einsichtswünsche von den Gemeindeämtern in vielfältiger Weise gehandhabt, wobei die Palette von der Einsichtsverweigerung bis zur vollen Einsicht beziehungsweise Übergabe der vollständigen Haushaltslisten in Kopie reicht. Nicht unerwähnt soll bleiben, daß dieses Einsichtsrecht umstritten ist: Die Religionsgemeinschaften stützen sich dabei vor allem auf einen Paragraphen in der Bundesabgabenordnung. Dieser deckt die Einsichtnahme aber keineswegs einwandfrei.
Abgesehen davon scheinen die Religionsgemeinschaften in dem Versuch, zahlungsunwillige Mitglieder aufzuspüren, zumindest merkwürdig zu agieren: allein in meinem engeren Bekanntenkreis kenne ich drei Fälle, wo Personen, die niemals römisch-katholisch waren und auch den Volkszählungsfragebogen dementsprechend ausgefüllt haben, von der zuständigen Kirchenbeitragsstelle mit Erlagscheinen und Mahnungen regelrecht traktiert wurden. Sehen wir uns nochmals den Fall der Ärztin Dr. Christa Schaf (den Namen habe ich geändert) an. Auch sie erhielt – obwohl seit der Geburt evangelisch – im Jahre 1981 mehrfach Zahlungsaufforderungen der katholischen Kirchenbeitragsstelle, die sie allerdings zunächst ignorierte. Am 18. November 1981 schrieb ihr ein Pfarrer in Perchtoldsdorf einen persönlichen Brief. »Ihre Kirchenbeitragsstelle hat mir vertraulich mitgeteilt«, begann der Pfarrer, »daß Sie, was die Leistung des Kirchenbeitrages betrifft, in Schwierigkeiten geraten sind. Bitte verstehen Sie mich recht: ich möchte mich nicht in Ihre persönlichen Angelegenheiten einmischen«.
Ich halte eine solche Vorgangsweise für untragbar: Erstens ist Frau Dr. Schaf nicht römisch-katholisch, zweitens ist pure Erfindung, sie hätte Schwierigkeiten, den Kirchenbeitrag zu bezahlen und drittens scheint mir die (»vertrauliche«) Übermittlung personenbezogener Daten an den Pfarrer datenschutzrechtlich unvertretbar. »Sind Sie zur Regelung Ihrer Beitragssache bereit«, schreibt der Pfarrer weiter, »bitte ich Sie, bis spätestens Ende Dezember Kontakt mit Ihrer Beitragsstelle aufzunehmen, sonst wird diese Angelegenheit an die Mahnabteilung der Erzdiözese Wien abgetreten«. Frau Dr. Schaf möge diesen Brief als Ausdruck seiner Verantwortung und Sorge als Pfarrer und »Seelsorger« betrachten, setzt der Pfarrer fort.
Frau Dr. Schaf antwortete am 4. Dezember, daß sie nicht katholisch sei. Sie erhielt vom Pfarrer keine Antwort. Stattdessen kam einige Wochen später ein eingeschriebener Brief von der Kirchenbeitragsstelle mit einer neuerlichen Vorschreibung. Frau Dr. Schaf antwortete mit der dringenden Aufforderung, ihr in der Zukunft keine wie immer gearteten Aufforderungen zugehen zu lassen. Postwendend informierte die katholische Kirchen-

beitragsstelle Liesing mittels vorgedrucktem Text, daß »Ihre Angaben über das Glaubensbekenntnis mit der Eintragung in der letzten magistratischen Haushaltungsliste nicht übereinstimmt«. Zur Klärung des Sachverhaltes wird Frau Dr. Schaf aufgefordert, innerhalb der nächsten 14 Tage ihren Taufschein zur Einsicht vorzulegen. Frau Dr. Schaf antwortet nochmals, sie sei nicht römisch-katholisch. Im übrigen ersuchte sie die Kirchenbeitragsstelle, nachzuweisen, daß sie in der letzen magistratischen Haushaltsliste als Religionsbekenntnis »römisch-katholisch« angegeben habe.
Es ist nicht bekannt, wie oft in den letzten Jahren derartige »Mißverständnisse« aufgetreten sind; ich neige zu der Auffassung, daß es keine Einzelfälle waren. Auch mein Vater kreuzte bei der letzten Volkszählung »evangelisch« an und erhielt mehrfach Zahlungsaufforderungen für katholischen Kirchenbeitrag. Meinem Bruder passierte ähnliches. Alle haben die Haushaltsliste korrekt ausgefüllt. Man kann allenfalls dafür Verständnis haben, daß eine Religionsgemeinschaft angesichts zunehmender Austritte von Mitgliedern vermehrtes Interesse hat, die ihr verbleibenden Mitglieder möglichst vollständig zu erfassen. Unverständlich und für eine Religionsgemeinschaft in meinen Augen unwürdig ist dagegen die Art und Weise, mit der offenbar zuweilen versucht wird, das Geld einzutreiben.

Die Liste ist noch lange nicht zu Ende . . .

Beinahe unübersehbar sind gegenwärtig die Versuche, mittels Gesetzen und Verordnungen immer mehr Ermächtigungen zu schaffen, Daten zu sammeln und weiterzugeben. Im folgenden sollen kurz weitere kritikwürdige Fälle aufgezählt werden. Wem die vorstehend beschriebenen Mißstände schon genügen, der möge die folgenden Seiten überblättern. Wer noch im Zweifel ist, ob sich in der österreichischen Datenschutzpraxis kleine »Große Brüder« wie ein Krebsgeschwür fortpflanzen, der dürfte im folgenden zusätzlich Aufschluß erhalten.
Zunächst ist der Versuch zu nennen, ein zentrales Melderegister zu schaffen. Aus diesem Grund war die demnächst beschlußreife Novelle zum Meldegesetz auch Anlaß von Kontroversen: Das Bundesministerium für Inneres hat die Absicht, zunächst die Meldedaten der 14 Bundespolizeibehörden EDV-mäßig zu erfassen, womit ein Drittel der Gesamtbevölkerung abgedeckt wäre. Letztlich geht es um eine zentrale Bevölkerungsevidenz, oder, mit anderen Worten, das auf Seite 33 bereits erwähnte Personenkennzeichen (oder das in der Novelle ursprünglich geplante zentrale Adreßbuch, das aber »gefallen« sein dürfte).

Schon in den siebziger Jahren wurde mehrfach ein »Bevölkerungsevidenzgesetz« diskutiert. Im Jahre 1978 kam es zu einer öffentlichen Ausschreibung für einen Modellversuch zur österreichischen Bevölkerungsevidenz (Lit. 56). Die Projektstudie wurde 1980 abgeschlossen. Dabei zeigten sich vom Gesicht der Rationalisierung deutliche Vorteile einer solchen Zentralerfassung.

Schließlich einigte man sich aber, auf eine bundesweite Bevölkerungsevidenz vorerst zu verzichten (sie könnte durch das Hintertürl der Sozialversicherungsnummer demnächst allerdings doch kommen, siehe Seite 33). Diese aus dem Blickwinkel des Datenschutzes richtige Entscheidung wurde aber möglicherweise nicht so sehr wegen des Datenschutzes getroffen, sondern weil die Landesbehörden gegen diesen Bundes-Zentralismus protestierten. Sehr wohl aber werden nach wie vor Bevölkerungsevidenzen in Ländern, Städten und Gemeinden angestrebt: Bevölkerungsevidenzen in Form von Personendatenbanken sind in Österreich bereits in mindestens 50 Gemeinden verwirklicht. Auch die Wiener Landesregierung versuchte, mittels Verordnung eine solche Datei zu »legalisieren«. Sie soll die Aufgaben der Wählerevidenz, der Wahlbehörden des Bundes im Bereich Wien, der Gemeindewahlbehörden und der Schulpflichtmatrik umfassen. Die Funktion der Personendatenbank soll durch jene der Adressendatenbank ergänzt werden: Mehr als 1,5 Millionen Wiener wohnen auf cirka 96.000 Adressen. Die mehrfache Abspeicherung von immer gleichen Daten kann durch einen im Personensatz vorhandenen Zeiger zur aktuellen Adresse in der Adreßdatei verhindert werden. Aus der Verordnung ist bisher nichts geworden. Die Personendatenbank gibt es trotzdem.

Probleme bereitet auch die ominöse Suchtgiftkartei des Gesundheitsministeriums (die Daten dieses Dossiers stammen aus Polizeianzeigen, Verurteilungen und Krankenberichten der Krankenanstalten): Das Bundesministerium für Inneres hat pro Jahr mehr als 3.000 Zivildienstanträge zu erledigen, das Bundesministerium für Landesverteidigung befaßt sich jedes Jahr mit 40.000 Wehrpflichtigen und zusätzlich mit 70.000 Übungspflichtigen Personen. Beide wünschen Pauschalübermittlungen aus der Suchtgiftkartei. In einer Novelle zum Suchtgiftgesetz sind diese nunmehr ausdrücklich vorgesehen.

Ähnlich problematische Pauschalübermittlungen möchte das Bundesministerium für Inneres auch aus der Strafregisterdatei, um über Anträge von Zivildienern entscheiden zu können. Dieses Ansinnen führte allerdings zu erheblichen Kontroversen im Datenschutzrat. Es wurde eingewendet, es sei Aufgabe der Zivildienstkommission, einem jungen Menschen unvoreingenommen entgegenzutreten. Dies könne nicht der Fall sein, wenn ihr bereits ein Register von »kleinen Sünden« vorliege, bevor sie sich überhaupt mit dem Antragsteller unterhalten hätte. Einzelne Vertreter der Zivildienstkommission andererseits möchten komplette Strafregisterauskünfte haben. Andere würden sich zufrieden geben, wenn diese auf Delikte gegen Leib und Leben eingeschränkt würden. Wie die Praxis in der Zukunft aussehen wird, ist noch ungewiß.

Ums Geld geht es bei der 7. Novelle zum gewerblichen Sozialversicherungsgesetz. Grundlage für die Beitragsbemessung der selbständig Erwerbstätigen sind deren Einkünfte. Als Nachweis dafür wird der Einkommensteuerbescheid gefordert. Die Vollziehung des Gesetzes war in der Vergangenheit vor allem deshalb schwierig, weil etwa ein Viertel der Versicherten säumig war, wodurch sich die Administration der Versicherung belastet fühlt. Es wäre daher kostensparend, argumentiert der Versicherungsträger, wenn die Höhe der steuerpflichtigen Einkünfte der Pflichtversicherten, die im Bundesrechenamt gespeichert werden, jeweil pauschal übermittelt werden könnten (jetzt wird deutlich, warum die Sozialversicherungsnummer zum allgemeinen Personenkennzeichen werden soll, siehe Seite 33). Die Datenschutzkommission äußerte jedoch Bedenken gegen eine solche regelmäßige und generelle Übermittlungsverpflichtung mit Erfolg.

Seit 1. Jänner 1984 ist ein sogenanntes Personenstandsgesetz in Kraft. Geregelt wird darin die Anzeige von Geburten, Niederschriften zur Ermittlung der Ehefähigkeit und Todesanzeigen. Das Gesetz sieht vor, daß Verwaltungsbehörden und Gerichte Einsicht nehmen dürfen. Zahlreiche Firmen, Vereine und Banken protestierten gegen dieses Gesetz, weil es ihnen damit nicht mehr möglich wäre, der glücklichen Mutter zu gratulieren oder dem traurigen Witwer zu kondolieren. Auch viele öffentliche Behörden hätten natürlich diese Daten sehr gerne; flugs arbeitete man eine Verordnung zum Personenstandsgesetz und einen sonderbaren Durchführungserlaß aus. Damit ist eine Datenweitergabe an die Staatsbürgerschaftsevidenzstelle, die Bezirksverwaltungsbehörde, das Verteidigungsministerium, die Bundespolizeidirektion, die Meldebehörde, das Verlassenschaftsgericht und die Wählerevidenz möglich. Ein weiterer Schritt, den Datenschutzgedanken systematisch auszuhöhlen.

Auch im Justiz- und Bautenministerium wollen sich kleine »Große Brüder« breit machen: Mit dem sogenannten Grundbuchumstellungsgesetz wird die Justiz ermächtigt, die Umstellung des Grundbuches auf automatisationsunterstützte Datenverarbeitung vorzunehmen. Gegenwärtig führen in Österreich 199 Grundbuchgerichte etwa 7.800 Grundbücher, in denen etwa 2,2 Millionen Grundbucheinlagen mit etwa 12 Millionen Grundstük-

ken eingetragen sind. Grundbuchauszüge herzustellen war bislang eine sehr mühevolle Arbeit für Rechtsanwälte und Notare. Parallel dazu führt das Bautenministerium den sogenannten Kataster und speichert damit letztlich die selben Daten wie das Justizministerium. Zwecks Verwaltungsvereinfachung werden nun diese Datenbestände zusammengelegt. Daraus entwickeln sich eine Grundstücksdatenbank, ein Anschriftenverzeichnis sowie Hilfsverzeichnisse mit Anschriften und Personendaten. Aus diesem Datentopf dürfen sich Gerichte, Vermessungsbehörden, Notare, Rechtsanwälte und Personen bedienen, die ein »rechtliches Interesse« darlegen.
Nach dem Gesagten scheint es kaum mehr überraschend, daß natürlich auch Schüler und Studenten in Zentraldateien erfaßt werden sollen. So wird ein Studienberechtigungsgesetz diskutiert, aufgrund dessen zahlreiche personenbezogene Daten über angehende Studenten erhoben werden sollen (dabei wird eine Immatrikulationsnummer verliehen). Auch das allgemeine Hochschulstudiengesetz soll geändert werden. Umfangreiche Studentendaten besitzt nicht nur die Hochschülerschaft, sondern auch das Wissenschaftsministerium und das Österreichische Statistische Zentralamt. Die Studiosi werden dabei fleißig ausgefragt: die Schulbildung der Mutter will man wissen, Art des Betriebes bzw. Art der Tätigkeit der Dienststellen, in denen die Eltern tätig sind usw. Auch hier äußerte der Datenschutzrat datenschutzrechtliche Bedenken. Ob diese Bedenken dann in den Gesetzen und Verordnungen berücksichtigt werden, ist ungewiß.
Weitere Probleme gibt es beim Versorgungssicherungsgesetz, beim Wohnbauförderungsgesetz, dem Heeresversorgungsgesetz und anderen. Die Liste läßt sich auch im Bereich der Länder fortsetzen. Besonders unerfreulich ist beispielsweise ein Paragraph der steiermärkischen Jagdgesetznovelle, wonach Behörden ermächtigt werden, personenbezogene Daten über Jagdberechtigte, Jagdkarteninhaber und Grundeigentümer zum Zwecke der automationsunterstützten Datenverarbeitung zu ermitteln, zu verarbeiten und an zahlreiche andere Stellen zu übermitteln. Hier wird die Datenschutzidee in ihr Gegenteil verkehrt: genau solche pauschalen Datenverarbeitungen sollten eigentlich verboten sein.
Alles in allem ergibt sich somit, daß das Datenschutzgesetz eine Flut von Verordnungen und anderen Bestimmungen erzeugte, die dermaßen zahlreich und weit verstreut sind, daß die Gesamtsituation unüberschaubar geworden ist. In zahlreichen Fällen werden dabei die mehrfach kritisierten Gummiparagraphen des Datenschutzgesetzes so extensiv ausgelegt, daß von den angeblich »strengen« Beschrankungen nichts mehr übrig bleibt. Das Datenschutzgesetz hat damit dem Anliegen, die Privatsphäre des Einzelnen zu schützen, mehr Schaden als Nutzen zugefügt.

Zählwut contra Menschenwürde

»Mit der Menschenwürde wäre es nicht zu vereinbaren, wenn der Staat das Recht für sich in Anspruch nehmen könnte, den Menschen zwangsweise in seiner ganzen Persönlichkeit zu registrieren und zu katalogisieren, sei es auch in der Anonymität einer statistischen Erhebung, und ihn damit wie eine Sache zu behandeln . . .« (Urteil des deutschen Bundesverfassungsgerichtes, 1969).

Der Unternehmer zählt Eingaben und Ausgaben, um den Gewinn seiner Firma zu errechnen, der Politiker zählt Wählerstimmen, um seine Akzeptanz zu erfahren, und der Staat zählt Bürger, alle zehn Jahre: das Ziel der Volkszählung, bestimmt das österreichische Volkszählungsgesetz 1980, ist die Ermittlung der Zahl und des Aufbaues der Wohnbevölkerung im ganzen Bundesgebiet. Eine solche Erhebung ist nicht nur für statistische Zwecke wichtig: die Anzahl der Bürger, die einen bestimmten Ort zum Mittelpunkt ihrer Lebensinteressen gewählt haben, ist der Schlüssel für die Aufteilung von Budgetmitteln auf die einzelnen Gemeinden – ein Geschäft, bei dem es um Milliarden geht. Der zum Mittelpunkt der Lebensinteressen erkorene Wohnsitz jedes österreichischen Staatsbürgers im Bundesgebiet ist darüber hinaus Grundlage für die Ermittlung, wie viele Abgeordnete zum Nationalrat auf die einzelnen Wahlkreise entfallen. Dabei geht es um politischen Einfluß – jede Neuverteilung der Mandate kann wahlentscheidend sein. Wiederum wird deutlich, daß Information, in diesem Fall das Ergebnis einer Volkszählung, Geldwert und Machtwert hat (siehe Seite 24).

Der Bürger ist gesetzlich verpflichtet, sich zählen zu lassen und finanziert über das Steueraufkommen die Abwicklung der Erhebung, hat aber kein Verfügungsrecht über die von ihm gelieferte Information. Kein Wunder, daß im Zeitalter der elektronischen Datenverarbeitung Volkszählungsgesetze in zunehmendem Ausmaß zum Anlaß genommen werden, die Privatsphäre des Bürgers als Selbstbedienungsladen zu betrachten. Für den eigentlichen Zweck der Volkszählung – Geld- und Mandatsverteilung – würde es genügen, von den Bürgern den ordentlichen Wohnsitz, Staatsangehörigkeit und allenfalls das Alter zu erfragen. Alles andere ist – für statistische Zwecke vielleicht nützliche – Fleißaufgabe.

Das erwähnte Volkszählungsgesetz ist aber nicht zimperlich, was den Datenkatalog angeht; demnach können an die zu zählenden Personen »Fragen nach Name, Geschlecht, Geburtsdatum, Geburtsort, Familienstand,

Kinderzahl, Religionsbekenntnis, Umgangssprache, Staatsangehörigkeit, Schulbildung, Berufsausbildung, Beruf, Beschäftigung, Aufenthalt und Wohnsitz gestellt werden«. Was im Gesetzestext noch unscheinbar als »Wohnsitz« aufscheint, entpuppt sich im Fragebogen dann sogar als Sammelbegriff für noch viel spezifischere Auskunftsbegehren.

Planung per Staatscomputer

Natürlich lassen sich für den staatlichen Wissensdrang mannigfache Begründungen anführen. Die öffentliche Verwaltung muß vorausschauend planen, um den Staatshaushalt zweckmäßig lenken zu können. Dazu bedarf es Daten, Statistiken, Analysen und Prognosen. Wo immer eine Lebensgemeinschaft so groß wird, daß nicht mehr jeder jeden kennt, werden hierachische Strukturen notwendig; je komplexer ein Gesellschaftsgefüge ist, um so zahlreicherer Mechanismen bedarf es, dieses planvoll lenken und verwalten zu können. Also wird gezählt. Als ob die Ungerechtigkeiten in der Welt durch besonders genaues Zählen von Stimmen und quantitatives Gegenüberstellen von Interessen zu beseitigen wäre! Genau das war aber das Ziel der utopischen Sozialisten der französischen Revolution, allen voran des Politiker-Mathematikers Condorcet, der begann, Politik mit Soziologie und Mathematik zu verbinden: »Man denkt nach über optimales Handeln, über Möglichkeiten zur Regelung der Funktion von Schöffengerichten, um Justizirrtümer zu vermeiden, über das Auszählen der Stimmen bei Wahlen, so daß dem allgemeinen Interesse optimal gedient wird etc. Mit anderen Worten, die ersten Anwendungen der Wahrscheinlichkeitsrechnung zielen auf unmittelbaren Nutzen ab: es sollen Handlungen in bestimmter Weise gesteuert werden« (Lit. 57).
Die Idee, große Menschenmassen durch genaue Zählverfahren »gerecht« zu steuern, konnte im 19. Jahrhundert allerdings nicht erfüllt werden – nicht, weil das Erheben der Daten nicht gelang; auf unüberwindliche Schranken stießen die K.u.K.-Bürokraten vielmehr angesichts des schier unübersehbaren Datenmaterials – der damals herrschende Mangel an effizienter Auswertungstechnik hielt die Zählwut in Schranken.
Erst heute, durch die Verfügbarkeit des Computers, kann sich die Datengier des Staates voll ausleben. Die Auswertung ist kein Problem mehr. Getreu dem Grundsatz Galileo Galileis wird gezählt, was zählbar ist, und was nicht zählbar ist, wird zählbar gemacht. Arbeitsstätten werden gezählt, Rinder, Weinstöcke, Geschlechtskrankheiten, Gewerbebetriebe, Verkehrsunfälle, Minderheiten ... In Österreich gibt es Dutzende von

Gesetzen und Verordnungen, die eine Ermächtigung zum Zählen beinhalten.

Der Volkszählungs-Boykott

Je »billiger« die Datenverarbeitung wird, um so mehr Information kann bei gleichbleibenden Kosten verarbeitet und gespeichert werden. Ein eigentümlicher technischer Sachzwang verleitet die öffentliche Verwaltung angesichts dieser Entwicklung zu einer regelrechten Statistik-Manie. Der Wildwuchs der Dateien hat, so scheint es, kaum Grenzen.
Die Reaktion blieb nicht aus, zumindest nicht im Ausland. Als sich im Jahr 1983 die Deutschen in gewohnter Gründlichkeit anschickten, das 1981 vom Parlament einstimmig beschlossene »Gesetz über eine Volks-, Berufs-, Wohnungs- und Arbeitsstättenzählung« zu vollziehen, regte sich Protest: während die Statistischen Ämter rund 600.000 Hilfskräfte zur Abwicklung der Volkszählung rekrutierten, wuchsen Boykottinitiativen wie Schwammerl aus dem Boden. Mit Parolen wie »meine Daten gehören mir« organisierten sich zahlreiche Gruppen, angefeuert von den Medien, zum Widerstand. Der Bürger, so hieß es, solle mit Hilfe moderner Computertechnik in seinem Lebenszusammenhang total erfaßt und verdatet werden. Die Regierung sehe nur noch die »Masse Mensch«, die »analysiert«, »fortgeschrieben«, »aufbereitet«, «vorausgeschätzt«, »in allgemeine Kategorien gegliedert« und »sozioökonomisch betrachtet werde« (die Bezeichnungen stammen sämtlich aus der Begründung zum deutschen Volkszählungsgesetz).
Sogar aus dem Statistischen Bundesamt wurden Stimmen laut, aus statistischen Gründen sei diese Volks»zählung« nicht nötig. Manfred Güllner, Direktor des Statistischen Amtes der Stadt Köln, trat in die Öffentlichkeit und erklärte, die Volkszählung sei gar nicht mehr wichtig, denn die Staatsführung habe heute ausreichend Informationen, ein Bild der gesellschaftlichen Wirklichkeit in ihrer komplexen Vielfaltigkeit nachzuzeichnen: »So gerinnen denn die Begründungen der amtlichen Statistik für die Notwendigkeit der Volkszählung zu inhaltslosen, bombastischen Leerformeln: ihre beschworene ›Bedeutung‹ für den ›Einzelnen und die Gemeinschaft‹ wird zum hohlen Pathos« (Lit. 58).
Von der Welle des Protests aus dem Volk ermutigt, fochten Rechtsanwälte das Volkszählungsgesetz beim Bundesverfassungsgericht an. Der Stein des Anstoßes war in erster Linie der sogenannte Melderegisterabgleich. Der Gesetzgeber hatte nämlich beabsichtigt, die Volkszählung

gleichzeitig zu einem nichtstatistischen Zweck frei zu geben. Er ließ es – gegen den Rat der Datenschutzbeauftragten – zu, daß die Daten mit den Melderegistern verglichen und zu deren Berichtigung verwendet würden. Mit dieser »Sünde wider dem Geist der Statistik«, so der ehemalige deutsche Bundesbeauftragte für den Datenschutz, Hans Peter Bull, sei der Keim für das Mißtrauen der Bevölkerung gelegt worden; »denn es hatte sich herumgesprochen, daß die Melderegister der Verwaltung für vielerlei Aktivitäten nützlich sind, den Betroffenen daher zumindest mittelbar Nachteile entstehen konnten, so wenn etwa Behörden oder Private jemanden ausfindig machen würden, der sich – aus guten oder schlechten Gründen – verborgen halten wollte. Weil aber allgemein Unwissenheit herrschte, was genau mit den Volkszählungsdaten geschehen werde, und welche unverhofften Folgen das haben könne, wenn man unrichtige Angaben machen würde, breiteten sich Gerüchte und Legenden aus und fielen selbst abwegige Spekulationen auf fruchtbaren Boden« (Lit. 59).
Das Bundesverfassungsgericht setzte die Volkszählung zunächst aus und urteilte schließlich am 15. Dezember 1983, Statistik habe zwar für eine staatliche Politik erhebliche Bedeutung, die den Prinzipien und Richtlinien des Grundgesetzes verpflichtet ist, der Melderegisterabgleich verletze jedoch das grundsätzlich gesicherte Recht auf informatielle Selbstbestimmung, weil er »tendenziell miteinander Unvereinbares miteinander verbindet, deshalb zur Erreichung der angestrebten Zwecke ungeeignet, in seinem Inhalt unklar und daher in der Tragweite einem Bürger unverständlich ist«. Mit anderen Worten: die Volkszählung kann stattfinden, aber mit Einschränkungen.
Auch in Holland hätte 1981 die Bevölkerung laut Plan der Statistiker wieder »geschätzt« werden müssen. Trotz fünfjähriger Anlaufarbeit mußte jedoch das Vorhaben gestoppt werden: Die »Tweede Kamer« des Parlaments hatte dazwischen gefunkt, weil das Unternehmen in der gebräuchlichen Form politpsychologisch nicht mehr zu vertreten war. Obendrein untersagte das Abgeordnetenhaus eventuelle zwischenzeitliche Volkszählungen vor 1990/91 (Lit. 60).
Auch in Holland waren es zuerst Bürgerinitiativen, die den behördlichen Autoritätsansprüchen den Kampf ansagten; dazu kam die in Holland ohnehin nicht sonderliche ausgeprägte Staatsräson. Zahlreiche Bürger wurden aufgeschreckt, als sie erkannten, daß sie ein Heft von 10 Lochkarten auszufüllen hätten, das vielen wie ein Zehnerblock zur Sturzfahrt in den Staatscomputer anmutete. Auch die Vergangenheit mag vielen Holländern noch präsent gewesen sein: denn schon einmal hatte es dort ein zentral kontrolliertes Personenregister gegeben – während der deutschen Besat-

zung. Ohne diese Datenerfassung wäre die Verfolgung niederländischer Juden und Patrioten unendlich schwieriger gewesen. »Wieviel Tausende von Menschenleben dieses System gekostet hat«, so der Zeitgeschichtler Jong, »ist nicht genau abschätzbar« (Lit. 61). Alles in allem dürfte eine Volkszählung in den Niederlanden so bald nicht wieder möglich sein.
Auch in der Schweiz regt sich Widerstand. Das System der globalen Volkszählung, wie es zum letztenmal im Dezember 1980 zur Anwendung gekommen ist, urteilte die Neue Züricher Zeitung (Lit. 62), »sei nicht mehr zeitgemäß. Die Ergebnisse seien bei einer definitiven Veröffentlichung bereits veraltet... zudem sei die Volkszählung als Eingriff in die Privatsphäre empfunden worden... für eine allfällige nächste Volkszählung, die im Jahre 1990 durchgeführt werden müßte, stellt die Direktion des Inneren eine schlechte Prognose: entweder sei sie überhaupt nicht mehr durchführbar oder, sie bringe Resultate, deren Sinnlosigkeit auf der Hand liege«.

Der Computer bestimmt den Mittelpunkt der Lebensinteressen

Hätte die österreichische Volkszählung nach jener der BRD stattgefunden, wäre sie wahrscheinlich turbulenter verlaufen. Zwar war bei uns kein Melderegisterabgleich vorgesehen, und der Fragebogen war zwar komplett, aber nicht so überkomplett wie der der Deutschen. Dennoch kam es mehrfach zu Aufregungen. Schlagzeilen wie »Diese Volkszählung zieht allen den Nerv«, »Groteske um Volkszählung: Linz reklamiert Land-Bürgermeister«, »Gläserne Bürger«, »Wien ließ in Daten aus Volkszählung schnüffeln« usw. erweckten den Anschein, daß so manches an der Zählaktion nicht rechtens sei. In Österreich ging es allerdings nicht in erster Linie um die Volkszählung an sich, sondern um die Zuordnung von Besitzern mehrerer Wohnungen, vor allem im Raum von Wien. Mehrere Bürgermeister niederösterreichischer Gemeinden hatten sich in den vergangenen Jahren bemüht, die Zahl ihrer Schäflein zu vergrößern, um so eines größeren Anteils aus dem Staatskuchen habhaft werden zu können. Zuwanderungswilligen Wienern seien, so wurde behauptet, Prämien ausgezahlt worden, wenn sie ihren ordentlichen Wohnsitz in die betreffende Gemeinde verlegten.
Nicht die Angst um die Privatsphäre, sondern der schnöde Mammon war es, der schließlich zum Krach führte: die Wiener Landesregierung focht das Ergebnis der Volkszählung beim Verfassungsgerichtshof an. Was war geschehen? Über 50.000 Personen mit Wohnsitz in Wien waren dem

Lockruf niederösterreichischer Gemeinden gefolgt und hatten bei der Volkszählung angegeben, der Mittelpunkt ihrer Lebensinteressen – das Kriterium für die Budgetaufteilung – sei nicht in Wien, sondern anderswo. Die Wiener Landesregierung sah sich um Dutzende Millionen Schillinge betrogen und begann, die Volkszählungs-Fragebögen nachzuprüfen. Sie argumentierte, der »Mittelpunkt der Lebensinteressen« müsse anhand objektiver Kriterien feststellbar sein. Wenn jemand in Wien wohne, ein Auto mit Wiener Kennzeichen fahre, seine Kinder in eine Wiener Schule schicke und in Wien arbeite, dann bedeute dies, daß der Mittelpunkt der Lebensinteressen zweifellos in Wien sein müsse; ein zweiter Wohnsitz auf dem Land könne allenfalls der Erholung dienen.

Durch automatisierte Verknüpfung mehrerer Dateien – ein Verfahren, auf das wir auf Seite 10 und 37 schon eingegangen sind – erstellte der Rathauscomputer eine »Kontrolliste« von Personen, von denen infolge des Zutreffens mehrerer solcher objektiver Merkmale geschlossen werden konnte, sie seien voll und ganz Wiener. Diese Kontrolliste wurde mit den einlangenden Fragebögen der Volkszählung verglichen, und siehe da – 30 636 Personen »fehlten«. Nach der Devise »die holen wir uns zurück«, trat die Landesregierung an das Statistische Zentralamt, dem die Durchführung der Volkszählung obliegt, mit dem Ersuchen heran, man möge doch gefälligst die Angaben der Zensiten überprüfen. Die Statistiker nahmen die magistratische Kontrolliste zwar zur Kenntnis, scheuten sich jedoch vor dem mühsamen Weg, zehntausende Fragebögen Stück für Stück der Reihe nach durchzusehen bzw. zahlreiche nochmalige Erhebungen vor Ort zu veranlassen. Das wäre sehr mühsam und mit der Verpflichtung, das Ergebnis der Zählung rasch zu ermitteln, kaum in Einklang zu bringen gewesen. Das Statistische Zentralamt stellte sich deshalb auf den Standpunkt, seine Überprüfungstätigkeit sei auf Irrtümer beschränkt, die aus den Zählpapieren klar ersichtlich seien; eine Überprüfung der materiellen Richtigkeit der Angabe über einen ordentlichen Wohnsitz sei dagegen nicht seine Aufgabe. Es gelte somit, was der einzelne Bürger in den Zählpapieren ausgefüllt habe.

Der Verfassungsgerichtshof gab in einer 132 Seiten langen Urteilsschrift in für Nicht-Juristen nahezu unverständlichen Schachtelsätzen weitgehend der Wiener Landesregierung recht: die Kundmachungen des Statistischen Zentralamtes mit den Ergebnissen der Volkszählung und des Bundesministers für Inneres über die Zahl der auf jeden Wahlkreis entfallenen Mandate wurden als gesetzwidrig aufgehoben. Das Zählen mußte nun doch von vorne beginnen. Gerade noch rechtzeitig vor den Nationalratswahlen im April 1983 wurde die neue Interpretation bekanntgegeben: 22.000

»Fälle« (gemeint sind Menschen) wurden »verreiht«. Im Klartext bedeutet dies, daß 22.000 Österreicherinnen und Österreicher, die bei der Volkszählung als Mittelpunkt ihrer Lebensinteressen einen Ort außerhalb Wiens angegeben hatten, nunmehr der Stadt Wien »zugeteilt« sind – ohne es zu wissen. Die Wiener Landesregierung ist dafür um einiges reicher, viele Gemeinden aber ärmer geworden.

Das Urteil des Verfassungsgerichtshofes erfolgte aufgrund der bisherigen Rechtsprechung und zahlreichen rechtstheoretischen Überlegungen, die hier nicht diskutiert werden sollen. Das Problem liegt meiner Ansicht nach auch gar nicht so sehr bei der Frage, wer hier recht hat, das Statistische Zentralamt oder die Wiener Landesregierung; kritikwürdig ist eher die Mangelhaftigkeit der gesetzlichen Bestimmungen, die überhaupt erst zu dem Streit geführt hat: Hätte man verfügt, bei Vorliegen eines Zweitwohnsitzes seien die auf einen Bürger entfallenden Mittel aus dem Staatshaushalt nach einem bestimmten Schlüssel auf die entsprechenden Gemeinden aufzuteilen, dann hätten wir uns das ganze Hin und Her aller Voraussicht nach sparen können. Sinnvoll wäre es sicherlich auch gewesen, in den Erläuterungen zum Fragebogen der Volkszählung klar zu legen, wann ein Wohnsitz der »Mittelpunkt der Lebensinteressen« sein kann und wann nicht. Daß um diesen Begriff gestritten werden würde, war unschwer vorauszusehen gewesen. Sicherlich hätte man nicht alle Schwierigkeiten beseitigt. Denn es ist immerhin vorstellbar, daß es beispielsweise freiberuflich arbeitende Menschen gibt, die drei Tage in der Woche in Wien verbringen, dort leben und arbeiten, den Rest der Woche aber auf dem Land (wo sie möglicherweise auch arbeiten); in solchen Fällen ist es schwierig, wenn nicht unmöglich, zu entscheiden, wo nun der Lebensmittelpunkt liegt. Wem die Freizeit Lebensinhalt und die Arbeit sinntötend ist, dem wird außerdem das Argument unplausibel erscheinen, die Wahl der Arbeitsstätte sei ein Indiz für das Vorliegen des Mittelpunktes der Lebensinteressen. Wie so oft, kann die graue Theorie in spezifischen Situationen des einzelnen der Wirklichkeit oft nicht gerecht werden.

Bedenklich erscheint mir aber eine Fleißaufgabe, die der Verfassungsgerichtshof in seinem Urteil gleichsam im Vorübergehen erledigt hat. Er stellte fest, daß die Wiener Landesregierung durch das Zusammenführen mehrerer Dateien bei der Erstellung der Kontrolliste das Datenschutzgesetz nicht verletzt habe. Bei allem Respekt vor dem hohen Gericht behaupte ich: hier sind die Verfassungsjuristen eindeutig zu großzügig gewesen. Die Wiener Landesregierung hat im Prinzip genau das gleiche getan, was in der BRD als »Rasterfahndung« heiß diskutiert wird. Die beim Rathauscomputer angestellten Programmierer verknüpften nämlich

folgende Dateien: die Schulpflichtmatrik (Schulbesuch der Kinder in Wien), amtliche Unterlagen über Wohnbeihilfe, Daten über die Inanspruchnahme von sozialen Diensten, wie z.B. »Essen auf Rädern«, das polizeiliche Melderegister, die Wählerevidenzliste, amtliche Unterlagen über die Lohnsteuerkarte und andere Merkmale und ließen den Computer aussortieren, bei welchen Personen das Übereinstimmen mehrerer Merkmale auf ein Überwiegen des Aufenthaltes in Wien hindeutete. Mit anderen Worten: durch einen EDV-Datenverbund wurden Persönlichkeitsprofile zur Beweissicherung hergestellt.
Dabei wurden eindeutig Dateien zu einem Zweck miteinander verknüpft, zu dem diese nicht angelegt worden waren. Laut Datenschutzgesetz dürfen aber Daten zum Zwecke des automatisationsunterstützten Datenverkehrs nur übermittelt und verarbeitet werden, wenn dafür eine ausdrückliche gesetzliche Ermächtigung besteht, oder soweit dies für den Auftraggeber zur Wahrnehmung der ihm gesetzlichen übertragenen Aufgaben eine wesentliche Voraussetzung bildet. Der zweite Halbsatz war für die Datenverknüpfer das Hintertürl: sie argumentierten, das Volkszählungsgesetz verlange, die Angaben der Zensiten zu überprüfen und diese Pflicht berechtige sie, den Datenabgleich vorzunehmen. Das Innenministerium leistete »Amtshilfe«, in dem es der Gemeinde Wien aus seinem Bereich Daten zur Verfügung stellte, welche diese zur Erfüllung ihrer Volkszählungspflicht vorgeblich brauchte.
Natürlich läßt sich das Datenschutzgesetz, wenn man unbedingt will, in dieser Weise auslegen. Dennoch frage ich mich, was denn mit einer solchen Argumentation noch alles an Datenabgleich möglich wäre, würde man ähnlich freizügig »Amtshilfe« gewähren. Bei einer derartigen Auslegung, so meine ich, ist den Behörden Tür und Tor geöffnet, Daten abzugleichen, Persönlichkeitsprofile zu erstellen und – damit Machtpolitik zu betreiben. Wenn das durch das Datenschutzgesetz gedeckt ist, dann verdient es meiner Meinung nach seinen Namen nicht. Übrigens: Selbst wenn man akzeptiert, daß im vorliegenden Fall das Verknüpfen objektiver Merkmale notwendig und gerechtfertigt war, hätte es nicht unbedingt von der Wiener Landesregierung und noch dazu im vorhinein getan werden müssen; »Die feine englische Art wäre es gewesen«, meint der Datenschutzexperte der Bundeswirtschaftskammer, Dr. Alfred Duschanek, »wenn man das Gericht veranlaßt hätte, die Daten auszuheben«.
Doch zurück zum »Freispruch« des Verfassungsgerichtshofs. Dieser führte ins Treffen, daß die von der Gemeinde Wien im Berichtigungsverfahren vorgelegten personenbezogenen Daten »letztlich nur für rein statistische Zwecke im Bereich der Volkszählung Verwendung finden« sollten.

Das stimmt und stimmt nicht: wohl wurden die Daten nicht gegen die einzelnen Bürger verwendet, um ihnen in Strafverfahren fehlerhaftes Ausfüllen des Fragebogens anzulasten (das wäre noch schöner gewesen!); aber sie bildeten dennoch die Grundlage für eine »Umreihung« von 22.000 Personen, eine Umreihung, die handfeste Folgen hat, letztlich auch für die Betroffenen. Und selbst wenn das alles rechtens ist: mich wundert nicht, wenn eine solche Mentalität, mit Bürgerdaten umzuspringen, beim Bürger zu Mißtrauen gegen die Behörden, zu Politikverdrossenheit und Staatsflucht führt.

Statistik, Anonymität und Menschenwürde

Ein weiteres Problem statistischer Erhebungen liegt in der Möglichkeit, aus statistischen Angaben auf Einzelpersonen rückschließen zu können, das heißt, diese zu deanonymisieren. In zwei konkreten Anlaßfällen kam es diesbezüglich bereits zu einer Rüge der Datenschutzkommission: Durch geplante Änderungen der Fremdenverkehrsstatistikverordnung und des allgemeinen Sozialversicherungsgesetzes sollen Statistikdatenbanken errichtet werden. Dabei können, kritisiert die Datenschutzkommission, statistische Nachweise erstellt werden, »die auf Grund ihres niedrigen Aggregationszustandes eine Deanonymisierung zulassen«. Tatsächlich werden im »Handbuch der österreichischen Sozialversicherung für das Jahr 1982« in mehreren Fällen »Statistikangaben« ausgeworfen, die sich auf nur einen einzigen Fall beziehen.
Die Möglichkeit einer Deanonymisierung unterstreicht die Notwendigkeit, statistische Erhebungen vom Gesichtspunkt der Menschenwürde zu betrachten. Dazu seien die schon erwähnten Ausführungen des Senats des deutschen Bundesverfassungsgerichts in einem Urteil vom Jahre 1969 im vollen Text angeführt: »Mit der Menschenwürde wäre es nicht zu vereinbaren, wenn der Staat das Recht für sich in Anspruch nehmen könnte, den Menschen zwangsweise in der ganzen Persönlichkeit zu registrieren und zu katalogisieren, sei es auch in der Anonymität einer statistischen Erhebung und ihn damit wie eine Sache zu behandeln, die einer Bestandsaufnahme in jeder Beziehung gleichkommt.
Ein solches Eindringen in den Persönlichkeitsbereich durch eine umfassende Einsichtnahme in die persönlichen Verhältnisse seiner Bürger ist dem Staat auch deshalb versagt, weil dem Einzelnen in der freien und selbstverantwortlichen Entfaltung seiner Persönlichkeit ein ›Innenraum‹ verbleiben muß, in dem er ›sich selbst‹ besitzt und in den er sich zurück-

ziehen kann, zu dem die Umwelt keinen Zutritt hat, in dem man in Ruhe gelassen wird und ein Recht auf Einsamkeit genießt ...«
Eine statistische Befragung zur Person kann deshalb dort als entwürdigend und als Bedrohung des Selbstbestimmungsrechtes des Individuums empfunden werden, wo sie den Bereich menschlichen Eigenlebens erfaßt, der von Natur aus Geheimnischarakter hat und damit auch diesen inneren Bezirk zu statistisch erschließbarem und erschließungsbedürftigem Material erklärt. Insoweit muß es auch für den Staat der modernen Industriegesellschaft Sperren vor der verwaltungstechnischen »Entpersönlichung« geben. Dr. Jürgen Simon, Akademischer Rat im Fachbereich Rechtswissenschaften der Universität Hannover, leitet aus der Entscheidung des deutschen Bundesverfassungsgerichts die heute fast einhellig vertretene Ansicht ab, daß jede Informationssammlung durch den Staat als Eingriff, also als Verletzung zu werten ist. Diese Auffassung begründe sich daraus, daß schon die Sammlung von Daten durch staatliche Stellen Kenntnisse über Sachverhalte und Vorgänge verschafft, an die sich auch ohne Speicherung weitere Folgen knüpfen können. Insofern steht jeder staatliche Akt der Informationsbeschaffung als Eingriff in Freiheitsrechte unter dem Vorbehalt, einer gesetzlichen Regelung zu bedürfen, die hinreichend konkret sein muß (Lit. 63).

Etwas anders gesehen, könnte man auch sagen: wenn staatliches Datensammeln ein Eingriff ist, dann sollte dieser Eingriff auf dasjenige Ausmaß beschränkt bleiben, das unbedingt erforderlich ist. Hier kommen wir zu einem, wie ich meine, entscheidenden Punkt der Volkszählungsproblematik. Es wird viel über die Einzelheiten der Gesetze diskutiert, über die Schwierigkeiten, die sich angesichts der konkreten Rechtslage in der Praxis ergeben und dabei auch viel Verwirrung erzeugt. Das verstellt den Blick für die Kernfrage: welche Daten braucht der Staat, und welche braucht er nicht? Ich halte es für notwendig, diese Frage in den politischen Entscheidungsgremien, aber auch in der breiten Öffentlichkeit grundsätzlich und ausführlich zu diskutieren, und zwar zunächst einmal unabhängig von den gesetzlich vorgegebenen Rahmenbedingungen und auch von technischen Gegebenheiten. Erst aus einer solchen grundsätzlichen Diskussion kann eine Willensbildung erfolgen, die dann in konkrete juristische Formen gegossen wird und dem Anspruch gerecht wird, dem Willen der Bevölkerung zu entsprechen. Apropos Willen der Bevölkerung: wie wäre es, wenn man zu dieser Frage eine Volksabstimmung durchführte? Warum sollen nicht die Bürger in einer demokratischen Entscheidungdarüber befinden, was sie als Privatsphäre betrachten, welche Datensammlungen sie als notwendig erachten und gegen welche sie sich verwehren?

Totalerfassung oder Mikrozensus?

Würde man solche Fragen ernsthaft diskutieren, so wäre ein durchaus wahrscheinliches Resultat, daß zahlreiche Erhebungen, die gegenwärtig kraft Gesetz zwangsweise durchgeführt werden, gar nicht notwendig sind. Wenn es Wahlarithmetikern gelingt, schon kurz nach Ende eines Wahlganges aufgrund des Votums einer geringfügigen Minderheit das Endergebnis mit einem hohen Grad an Sicherheit vorauszusagen, dann müßte dies auch in anderen Bereichen möglich sein. Tatsächlich werden überall in der Welt und auch in Österreich in großem Umfang »Mikrozensus«-Erhebungen durchgeführt, bei der nur ein – allerdings repräsentativer – Teil der Bevölkerung zu einem bestimmten Thema (freiwillig) befragt wird. Meinungsforschungsinstitute erstellen Prognosen auf Grund von Umfragen bei 1.000 bis 2.000 Personen und behaupten, das Ergebnis sei repräsentativ für die österreichische Bevölkerung. Mag sein, daß die Genauigkeit einer Totalerhebung größer ist – ich frage mich aber, ob es nicht sinnvoll wäre, diese allenfalls geringere Genauigkeit in Kauf zu nehmen, um des Vorteils willen, der sich daraus für den Großteil der Bevölkerung ergibt, nämlich, in Ruhe gelassen zu werden (Mikrozensus-Erhebungen wären darüber hinaus billiger).

Selbst wenn man die zum Zwecke der Volkszählung zu statistischen und anderen Zwecken durchgeführten Erhebungen in wesentlichem Ausmaß reduzierte oder auf repräsentativ Befragungen einschränkte, es blieben ohnehin noch zahlreiche Fälle, in denen der Staat berechtigterweise Informationen von jedem Bürger benötigt, um die Aufgaben wahrzunehmen, die dieser ihm übertragen hat (beispielsweise im Sozialbereich).

Lasset Euch zählen ...

Zum Abschluß möchte ich versuchen darzulegen, daß das Datensammeln von Staats wegen nicht bloß deshalb um sich greift, weil es so notwendig ist, sondern weil die moderne Computertechnik das Datenverarbeiten so (erschreckend) einfach macht. Volkszählungen gibt es seit Menschengedenken. Schon als Jesus Christus geboren wurde, ging vom Kaiser Augustus das Gebot aus, daß alle Welt geschätzt würde. »Und jederman ging, daß er sich schätzen ließe, ein jeglicher in seine Stadt« (Lukas 2, 1-3). Die alten Römer eigneten sich als demographische Massenveranstal ter jahrhundertelange Erfahrung an. Wenn die Herrscher zählten, ging es ihnen meist um die Frage, wieviel Geld sie auszugeben und wieviel Blut sie zu vergießen hatten. Kein Wunder, daß schon in den Tagen Roms die Bürger gern den Zählern auswichen. Auch im alten China hatte es seit Tausenden von Jahren Volkszählungen gegeben. In Mitteleuropa begann man damit erst im 18.Jahrhundert in größerem Ausmaß. Wie schon eingangs erwähnt, waren die Franzosen diesbezüglich Pioniere. Bis weit ins 18. Jahrhundert kamen die Bürger allerdings bei jedem ernsthaften Zählversuch in Rage, weil sie keine Nummer sein wollten. »Sie überließen es den Engländern, für den Raum von London die erste moderne Bevölkerungsstatistik aufzustellen. Dabei wurden allerdings nur die Toten genau gezählt. In den USA diskrimierte der Zensus bis 1880 hingegen zwischen Lebenden und Lebenden. Der Begriff ›Menschen‹ umfaßte ›everybody – except the Indians‹« (Lit. 64).

Daß die Diskussion um die Frage, was bei Volkszählungen erhoben werden soll, nicht neu ist, zeigt ein Zitat aus dem Brockhaus'schen Konversationslexikon aus dem Jahre 1908: »Bei der am 2. Dezember 1895 im Deutschen Reich vorgenommenen Volkszählung ist ebenso wie bei der am 14.Juni desselben Jahres vorausgegangenen Berufszählung die Arbeitslosigkeit ermittelt worden. Weiter ausholende Fragen (nach Vermögens-, Familienverhältnissen usw.) aufzustellen ... wird gemeinhin für unzweckmäßig gehalten, weil zu tiefes Eindringen in diese Verhältnisse unzuverlässige Unterlagen liefern und viele Gegner erwecken würde ... Es ist darauf zu sehen, daß solche Fragen gestellt werden, an welchen das Interesse des praktischen Lebens und der Wissenschaft haftet und die man zur Herstellung einer guten Volksbeschreibung für notwendig hält; ein Übermaß ist wegen der Belästigung des Volks und der Behörden ebenso schädlich wie ein zu geringes Maß«.

Die ersten Volkszählungs-Rechenmaschinen

In den Vereinigten Staaten verlief die Entwicklung anders. Herman Hollerith (1860 – 1929) erhielt 1889 ein amerikanisches Patent mit dem Titel »Art of Compiling Statistics« für die Entwicklung einer Lochkartenmaschine, die die Volkszählung der Vereinigten Staaten von Amerika in revolutionärer Weise vereinfachte. Holleriths Bestreben ging dahin, die Lochkarte als Speichermedium bei der Behandlung statistischer Aufgaben einzusetzen, im wesentlichen zum Sortieren und Zählen angefallener Daten. Während bei der vorangegangen Volkszählung eine Auswertungszeit

von 7 Jahren nötig war, konnten die 63 Millionen Lochkarten mit 1,3 Milliarden Lochungen nun wesentlich schneller und billiger zu einem differenzierteren Ergebnis führen.
Am Rande sei erwähnt, daß Hollerith den Erfolg seiner Erfindung zum Anlaß nahm, eine Firma zu gründen, aus der später der Computergigant IBM hervorging. Mag sein, daß ursprünglich die treibende Kraft, das Lochkartenprinzip zur Volkszählung einzusetzen, im Bestreben lag, die anwachsende Datenflut technisch zu bewältigen. Der Drang zum Datensammeln war – zumindest in den Vereinigten Staaten – offenbar schon da, noch bevor es technisch möglich war, die Ergebnisse auch effizient auszuwerten. Ohne eine Erfindung à la Hollerith wäre die Datengier jedoch zweifellos bald an eine Grenze angelangt. Die EDV hat diese Grenze in unsichtbare Ferne hinausgeschoben ...
Die österreichisch-ungarische Monarchie war zu Ende des 19. Jahrhunderts ebenfalls intensiv mit dem Zählen ihrer Untertanen beschäftigt; bereits 1890 wurde in Österreich die Volkszählung mit einer Hollerith-Maschine durchgeführt. Im Ersten Weltkrieg wurden Lochkartenmaschinen im großen Umfang zur Kriegs- und Planwirtschaft eingesetzt. Kriegswichtige und Rüstungsbetriebe führten Lochkartenverfahren ein, bestehende Hollerith-Abteilungen wurden zum Teil als kriegswichtige Betriebe beschlagnahmt. Ein besonderes Interesse an Lochkartenmaschinen entstand auch mit dem zentralistischen Wirtschafts- und militärstaatlichen Gefüge des Nationalsozialismus. »Bereits mit der Machtübernahme (1933) wurde eine allgemeine ›Volks-, Berufs- und Betriebszählung‹ angekündigt, die als ›Inventuraufnahme eines Volkes‹ mit Hollerith-Maschinen durchgeführt wurde. Für den großen Verwaltungsapparat der NSDAP sah man Lochkartensysteme als besonders geeignet an. Beobachtungen über ›Bestand und Bewegung der Parteimitglieder, deren Ausgliederung nach Alter, Geschlecht und Beruf, ferner über Personalverhältnisse der SA, SS, HJ, Jungvolk, Frauenschaft, Studentenschaft‹ zu analysieren. Das Statistische Rechenamt verfügte bald über den größten zentralen Hollerith-Maschinenpark Deutschlands« (Lit. 65).
Nicht unerwähnt soll bleiben, daß die Hollerith-Technik auch im Arbeitsleben bedeutende Änderungen nach sich zog. Hierauf verweist schon 1890 der Leiter der Volkszählung in Wien beim ersten Maschineneinsatz in seinem Bereich: »Für die statistische Zentralbehörde hat die Einführung der Maschine zunächst die Folge, daß der ganze Betrieb fabrikartiger wird. Eine weitgehende Arbeitsteilung greift Platz; die Verrichtungen des einzelnen Arbeiters werden immer einfacher, seine ganz einseitige Virtuosität in der Ausübung derselben immer ausgebildeter. Die Anforderungen

an die Vorbildung der Arbeiter fallen auf ein außerordentlich tiefes Niveau ... Aber nur dadurch, daß die Ausführung in eine Reihe von ganz einfachen mechanischen Teilen zerlegt wird, ist es möglich, das Personal, welches zur Aufarbeitung der gesamten Materialien einer Volkszählung erforderlich ist, binnen weniger Wochen anzuwerben, zu organisieren, zu unterweisen und so einen Haufen deklassierter Beschäftigungsloser in einen prompt arbeitenden Körper umzugestalten« (Lit. 66).
Die Entwicklung während der letzten Jahrzehnte vor Augen, ist kaum anzunehmen, daß die öffentliche Verwaltung in der Zukunft freiwillig und in weiser Selbstbeschränkung dem Ausufern der Datenwildnisse plötzlich einen Riegel vorschiebt. So lange sich der Bürger zählen läßt, wird weitergezählt werden. Wenn er sich dagegen zur Wehr setzte, könnten die Tage der Zählwütigen bald gezählt sein.

Statistik und Gesellschaftsgefüge

Vergessen wir schließlich nicht, daß der Umfang von Volkszählungen in gewisser Weise nur ein Abbild der Komplexität der jeweiligen Gesellschaftsstruktur ist. »Wir müssen zugeben: je größer eine staatliche Einheit, je ferner von der Realität die Regierung ist, desto mehr Bedürnis gibt es nach Zahlenmaterial, in das hinein sich die Wirklichkeit verflüchtigt. Die unersättliche Neugier, z.B. der Europäischen Gemeinschaft, nach Zahlen statistischer Art mag darauf zurückzuführen sein, daß sie verhältnismäßig fern der Wirklichkeit in den einzelnen Regionen arbeiten muß« (Lit. 67). So gesehen wäre ein Versuch, unter Beibehaltung der gegebenen Strukturen das Ausmaß der statistischen Erhebungen zu verringern, eine rein symptomatische Therapie. Damit wäre kaum geholfen. Vielleicht rührt der – zum Teil irrational bedingte – Unwille gegen Volkszählungen im Grunde genommen von der instinktiven Erkenntnis her, daß unser Gesellschaftsgefüge schon zu komplex, zu undurchschaubar geworden ist, um es in einer jedermann einsichtigen Weise steuern und verwalten zu können. So wird das Bestreben vieler Menschen verständlich, zu kleineren, überschaubaren Einheiten zurückzukehren, »small is beautiful« zu verherrlichen und dem Staatszentralismus den Kampf anzusagen.

Behindert Datenschutz die Wissenschaft?

Nicht nur Verwaltungsbeamte halten Datenschutzgesetze für lästige Hindernisse bei ihrer Arbeit, auch Wissenschafter sehen durch sie ihre Projekte gefährdet: Humanmediziner, Psychologen und Psychiater, Sozialforscher und Historiker sind – nicht zu unrecht – der Meinung, Datenschutz mache viele ihrer Forschungsvorhaben undurchführbar. Der Wiener Psychologieprofessor Giselher Guttmann führt ein konkretes Beispiel an: Ein Dissertant wollte mittels nachträglicher Kontrolluntersuchung feststellen, ob Angaben von Astrologen sich bewahrheiteten. Dazu benötigte er Adressen von Personen mit einem bestimmten Geburtsdatum. »Trotz intensiven Bemühens aller Beteiligten«, so Guttmann, »kam man zu dem Ergebnis, daß das Bundesministerium für Wissenschaft und Forschung im Namen des Dissertanten die Personen anschreiben und ihr Einverständnis einholen müßte. Da eine solche Regelung selbstverständlich nicht durchzuführen war, mußte die betreffende Arbeit eingestellt werden«.

Ein Arbeitswissenschafter wollte die Bedingungen der Heimarbeit in Oberösterreich empirisch untersuchen, um unter anderem herauszufinden, wie man für diesen Typ von Beschäftigung eine Verbesserung erreichen könnte. Das zuständige Arbeitsamt verweigerte ihm die Übermittlung einer entsprechenden Adressenliste mit dem Hinweis, das österreichische Datenschutzgesetz lasse dies nicht zu. Der Wissenschafter hätte die gewünschten Adressen legal auch auf anderem Wege beschaffen können, jedoch mit einem unvertretbar hohen Aufwand. Ein Teil der Arbeit unterblieb. In wessen Interesse?

Zahlreiche medizinische Forschungsprojekte erfordern die EDV-gestützte Verarbeitung personenbezogener Daten. Wenn in einer Verlaufsuntersuchung von Patienten mit einer bestimmten Krankheit die Wirksamkeit einer Therapie überprüft werden soll, sind naturgemäß sensible Daten über Einzelpersonen notwendig. Veröffentlicht werden diese nicht, da den Wissenschafter im Endergebnis nur eine abstrakte Aussage interessiert, die aus dem anonymen Ergebnis einer Statistik abgeleitet wird. Von derartigen Untersuchungen wird meist gefordert, sie müßten »statistisch repräsentativ« sein, das heißt, das untersuchte Kollektiv müsse ein getreues Abbild der Gesamtbevölkerung darstellen. Diese Bedingung ist aber in der Regel nur dann gewährleistet, wenn eine möglichst große Zahl von Fällen aus einer Zufallsstichprobe tatsächlich untersucht werden kann. Wollte man – um dies datenschutzrechtlich korrekt durchzuführen – in jedem

Einzelfall eine Einverständniserklärung der Betroffenen einholen, wäre die Repräsentativität im Endeffekt in der Regel nicht mehr gewährleistet.
Auch Historiker sehen durch das Datenschutzgesetz ihre Arbeit gefährdet: Ein Archiv verweigerte tatsächlich die Herausgabe von Daten über den 1803 hingerichteten, legendären »Schinder-Hannes« mit Hinweis auf das Datenschutzgesetz (dieses sieht nämlich kein Zeitlimit für den Schutz personenbezogener Daten dar, das heißt, auch Tote genießen Datenschutz). Ähnlich handelte das Wiener Rathaus anläßlich des Auskunftsbegehrens einer Wienerin, die über ihre eigenen Vorfahren Erkundigungen zwecks Ermittlung eines »Familienstammbaumes« einziehen wollte.
Sehen wir uns die für die aufgezeigte Problematik relevanten Rechtsbestimmungen etwas näher an. Zunächst besteht das schon bekannte Grundrecht auf Datenschutz, das gewährleistet ist, »soweit an personenbezogenen Daten ein schutzwürdiges Geheimhaltungsinteresse steht«. »Dem grundrechtlich abgesicherten Geheimhaltungsinteresse steht evidentermaßen kontradiktorisch das ebenfalls grundrechtlich abgesicherte Interesse auf Informationsfreiheit (Artikel 13 Staatsgrundgesetz) gegenüber, das in der Ausformulierung durch Artikel 10 der Europäischen Menschenrechtskonvention ausdrücklich auch die ›Freiheit zum Empfang und zur Mitteilung von Nachrichten‹ umfaßt« (Lit. 68).
Auch dieses Grundrecht ist nicht absolut gefaßt, sondern unter einem Vorbehalt, der sich auf »den Schutz des guten Rufes oder der Rechte anderer« bezieht. Es stehen einander somit die beiden grundrechtlich abgesicherten, gegensätzlichen Interessen des freien Zugangs zur Information einerseits und des Datenschutzes anderseits gegenüber, ohne daß der Grundrechtsgesetzgeber selbst unmittelbar Anhaltspunkte für eine Grenzziehung durch Interessensabwägung im Einzelfall gegeben hätte.
Ein weiterer Konflikt besteht bezüglich der im Grundrecht ebenfalls gewährleisteten Freiheit der Wissenschaft, das an sich ohne Gesetzesvorbehalt und daher absolut formuliert ist (Artikel 17 StGG). Daher hat, so könnte man argumentieren, die Freiheit der Wissenschaft Vorrang vor dem Schutz der Privatsphäre. »Dagegen ist zunächst ins Treffen zu führen«, so der verstorbene Staatssekretär DDr. Nußbaumer auf der Basis der herrschenden Lehre und Praxis des Verfassungsrechts, »daß die Absolutheit dieses Grundrechtes nur eine scheinbare ist: selbstverständlich wurden schon bei Zustandekommen dieses Grundrechtes bestehende gesetzliche Beschränkungen der Freiheit von Wissenschaft und Forschung immer mitgedacht« (Lit. 69).
Niemand werde etwa mit Recht behaupten können, daß die Tötung eines Menschen zum Zwecke der Forschung deshalb straffrei wäre, weil sie in

einem vom Grundrecht der Wissenschaftsfreiheit gedeckten Bereich geschehen sei. Das Grundrecht auf Wissenschaftsfreiheit könne demnach nur unter Berücksichtigung der gesamten sonstigen österreichischen Rechtsordnung verstanden werden. Darüber hinaus ist das Grundrecht auf Wissenschaftsfreiheit als klassisches Grundrecht staatsgerichtet, das heißt, es soll Übergriffe des Staates mit dem Ziel der Unterdrückung wissenschaftlicher Lehrmeinungen verhindern; demgegenüber ist das Grundrecht auf Datenschutz individualorientiert.

Der Wunsch der Wissenschafter ist klar: Sie wollen ein »Wissenschaftsprivileg« (nicht ein »Wissenschafterprivileg«), das heißt eine im Datenschutzgesetz formulierte Regelung, die wissenschaftliche Forschung zumindest teilweise und insoweit aus den Verpflichtungen des Datenschutzes ausnimmt, als es das Gesetz für die Medien vorsieht (»Medienprivileg«). Neben den Medien hätten sich, so argumentieren die Wissenschafter, auch mehrere Verwaltungsbereiche – für Zwecke der Strafrechtspflege und zum Schutz der Staatsicherheit und der Verteidigungsbereitschaft (siehe Seite 44) – weitgehende Ausnahmen geschaffen. Im Vergleich dazu sei die Wissenschaft eindeutig benachteiligt.

Meiner Ansicht nach sind die Argumente der Wissenschafter in folgendem Sinne berechtigt: Sie werden tatsächlich vom Datenschutzgesetz stiefmütterlich behandelt (haben dies aber am wenigsten von allen »verdient«). Es erscheint deshalb vertretbar, eine klar definierte »Erleichterung« zu schaffen.

Probleme mit dem Wissenschaftsprivileg

Dabei ergeben sich in der Praxis jedoch bedeutende Schwierigkeiten: Der Personenkreis, der Wissenschaft und Forschung betreibt, ist nicht fest umrissen und im übrigen auch an keine Qualifikationsvoraussetzungen gebunden – jedermann kann sich Privatgelehrter nennen und forschen, was ihm beliebt (sofern es sich um wissenschaftliche Forschung handelt). Würde man für »Zwecke der Wissenschaft« die strengen Übermittlungsbeschränkungen des Datenschutzgesetzes hinsichtlich personenbezogener Daten aufweichen, so könnte dies letztlich zu einem vollkommenen Unterlaufen des Datenschutzes führen, weil dieses Rechtserfordernis zunächst nicht überprüfbar ist: Wer im Privatleben anderer schnüffeln wollte, brauchte sich bloß Wissenschafter zu nennen und hätte dann das Recht, die ihn interessierenden Daten zu erhalten, ohne über den Erfolg seiner Arbeit irgend einen Nachweis erbringen zu müssen. Man könnte nun das Wissenschaftsprivileg auf die institutionalisierte Forschung einschränken; aber auch das wäre nicht wünschenswert, da es offensichtlich zur »Freiheit der Wissenschaft« dazugehört, daß auch andere Personen als Angehörige von wissenschaftlichen Institutionen Forschung betreiben. Wir sehen also: die Interessensabwägung zwischen dem Schutz der Privatsphäre und dem Grundrecht auf Wissenschaftsfreiheit ist eine vertrackte Angelegenheit.

Das österreichische Datenschutzgesetz schafft das Kunststück, zu der ohnehin delikaten Problematik noch eine Reihe weiterer Probleme entstehen zu lassen. In Österreich sind nicht nur natürliche Personen (also Menschen), sondern auch juristische Personen und handelsrechtliche Personengesellschaften datengeschützt. Bernd-Christian Funk zeigt auf, wohin dieser Schutz führen kann: »Zu den juristischen Personen und damit zu den Trägern des Grundrechts auf Datenschutz gehören nicht nur private Gebilde wie Kapitalgesellschaften, Vereine, Genossenschaften, Stiftungen oder Fonds, sondern auch der Staat selbst, der ja juristisch aus einer Mehrzahl juristischer Personen (öffentlichen Rechts) zusammengesetzt ist... Aus dieser Feststellung ergeben sich weitreichende grundsätzliche Konsequenzen: Alle Forschungsdisziplinen, die mit Angaben über einzelne juristische Personen operieren, haben Umgang mit datenschutzrechtlich relevanten und prinzipiell auch datengeschützten Informationen! Das gilt zum Beispiel für die Politikwissenschaft, die Soziologie, die Verwaltungswissenschaften, die Finanzwissenschaften, ja sogar für die Rechts- und Staatswissenschaften« (Lit. 70).

Aus der Sicht des Wissenschafters problematisch ist auch die Forderung des Datenschutzgesetzes, die Ermittlung und Übermittlung von personenbezogenen Daten an einen definierten Zweck zu binden. Zum Wesen vieler Forschungsaktivitäten gehört es hingegen, eben keinen Zweck zu haben (»zweckfreie Forschung«). Solche Tätigkeiten findet man, so Funk, etwa im Rahmen staatlicher Archive, Museen oder Sammlungen, die ja über die Aufgaben der Aufbewahrung von Informationen hinaus meist auch mit Forschungsfunktion im Hinblick auf das aufbewahrte Material betraut sind. In einer Verordnung der Bundesregierung wurden zwar die Angelegenheiten des Bibliothekswesens sowie des wissenschaftlichen Dokumentations- und Informationswesens aus dem »öffentlichen Bereich« herausgenommen und den (weniger strengen) Regeln des »privaten Bereichs« unterstellt, jedoch nur hinsichtlich solcher Tätigkeiten, die »in Formen des Privatrechts besorgt werden«. Wie lassen sich aber, fragt Funk weiter, bei der Aufbewahrung und Aufbereitung von Informationen der Verwaltung öffentlicher und privater Bereich eindeutig voneinander ab-

grenzen? Die Schwierigkeiten einer solchen Sortierung wären vor allem dort sichbar, wo eine verwaltungseigene Datenbank gleichermaßen aus hoheitlichen wie auch aus nicht hoheitlichen Tätigkeiten gespeist wird, bzw. für beide Bereiche zur Verfügung steht. Wieder ein (in meinen Augen unnötiges) Problem, das durch das Datenschutzgesetz zusätzlich aufgeworfen wird.
Die Beschränkungen für die Datenübermittlung im automatisationsunterstützten Datenverkehr behindern im besonderen Ausmaß auch Studenten, die für eine Dissertation, Diplomarbeit oder Seminararbeit personenbezogene Daten benötigen, über die das Institut oder die Klinik, an der sie arbeiten, verfügt. Dabei handelt es sich um eine Datenübermittlung im Sinne des Datenschutzgesetzes. Eine ausdrückliche gesetzliche Ermächtigung für eine solche Übermittlung fehlt. Der Student kann auch nicht »Amtshilfe« für sich beanspruchen, weil er ja kein Organ des Bundes oder einer anderen Körperschaft öffentlichen Rechts ist. »Damit dieser Übermittlungsvorgang gerechtfertigt wäre, müßte also entweder eine ausdrückliche (schriftliche) Zustimmung des Betroffenen für die Übermittlung eingeholt, oder aber die betreffenden Daten müßten vor der Übermittlung ihres Personenbezugs entkleidet werden. Ersteres könnte unter Umständen große praktische Schwierigkeiten und ein Übermaß an Aufwand hervorrufen, letzteres vielleicht mit dem Sinn und Zweck des Forschungsvorhabens unvereinbar sein« (Lit. 71).
Das Datenschutzgesetz kann somit zum Hindernis für sinnvolle und wünschenswerte Datenübermittlung im Bereich von Forschung und Lehre werden. Eine weitere Schwierigkeit ergibt sich aus einer Formulierung des Datenschutzgesetzes, wonach Daten nur insoferne und so lange im informationsunterstützten Verfahren gespeichert werden dürfen, als diese Daten zur Erfüllung der gesetzlich übertragenen Aufgaben notwendig sind – das deutsche Bundesdatenschutzgesetz schreibt sogar eine eigeninitiative Löschung von Daten vor, wenn ihre Speicherung nicht mehr erforderlich ist. Dagegen hat der Verband der Historiker Deutschlands bereits schwerste Bedenken erhoben: Er sieht darin im Zeitalter einer sich immer mehr ausdehnenden elektronischen Datenverarbeitung in den Verwaltungen aller Art eine akute Gefährdung der Geschichtswissenschaft. Auch in Österreich besteht, so Gerhard Botz, die Gefahr einer nicht wieder gutzumachenden Beeinträchtigung der wissenschaftlichen Forschung, beispielsweise, wenn die Mikrodaten der Volkszählung vernichtet würden: »Gerade die dabei angewandte elektronische Datenspeicherung würde die Raumprobleme umgehen, die bei der Archivierung der Individualdaten in Form von Roherhebungsbögen der älteren Volkszählungen bisher prak-

tisch unlösbar waren. Für eine wirkungsvolle Anonymisierung auch der nicht-aggregierten Daten gäbe es genügend technisch und administrativ erprobte Verfahren« (Lit. 72).
Auch die »forschungsfreundliche« gleitende 40-Jahres-Sperrfrist von staatlichen Archiven gilt nach dem Datenschutzgesetz für personenbezogene Daten nicht mehr. »So sind langjährige und verdiente Forschungen des Dokumentationsarchivs des österreichischen Widerstands«, so Botz, »in ihrer erfolgreichen Beendigung aufs schwerste in Mitleidenschaft gezogen. Noch vor wenigen Jahren zugängliche und bereits teilweise bearbeitete Akten sind wissenschaftlichen Mitarbeitern der genannten Institution nunmehr versperrt« (Lit. 73).
Aus dem Gesagten ergibt sich deutlich, daß rasch etwas unternommen werden muß, um die unklare Situation zu bereinigen. Die vorliegende Novelle zum Datenschutzgesetz enthält bedauerlicherweise keine diesbezügliche Klarstellung. Auch die Datenschutzkommission hat ihre Funktion als »Schiedsgericht« in dieser Materie noch nicht wahrgenommen. Viele Wissenschafter werden sich daher – so befürchte ich – in der Zukunft »helfen«, in dem sie, ähnlich wie das in der Wirtschaft bereits der Fall ist, das Datenschutzgesetz ignorieren. Dadurch wird aber weder dem Datenschutzgedanken gedient, noch dem Ansehen der Wissenschaft, das ohnehin immer stärker gefährdet ist. Auch hier also ein unhaltbarer Zustand – und kaum Aussicht auf Abhilfe.

Welt-Datennetze

Wir befinden uns auf dem Weg in die Informationsgesellschaft. An die Stelle der traditionellen Produktionsfaktoren Boden, Arbeit und Kapital tritt zunehmend Information als Ware, die gekauft, verkauft und verarbeitet wird. Die technische Basis dafür sind Computer- und Kommunikationstechnik, die dank der Verfügbarkeit mikroelektronischer Bauteile einen unerhörten Aufschwung genommen haben. Die Computertechniker sind bestrebt, immer mehr Informationen auf immer kleinerem Raum zu speichern und immer schneller verarbeiten zu können, Kommunikationstechniker möchten Informationen immer schneller von einem Ort zum anderen transportieren können.
In den vergangenen Jahrzehnten verlief die Entwicklung von Computer- und Kommunikationstechnik zunächst weitgehend getrennt: auf der einen Seite arbeitete der Rechner, auf der anderen Seite das Telefon. Bedingt durch die Erfindung des Mikroprozessors zeichnet sich gegenwärtig eine zunehmende Verschmelzung der beiden Bereiche ab. Digitale Breitband-Kommunikationsnetze, die von den Postbehörden in aller Welt derzeit geplant bzw. im Versuchsstadium bereits aufgebaut sind, schaffen weltweite Datenverbundsysteme, die unzählige Computersysteme und hunderte Millionen von Menschen technisch miteinander verbinden. Schon jetzt gibt es hunderte internationale elektronische Netzwerke, wie das elektronische Geldüberweisungssystem SWIFT, internationale Rechnerverbundsysteme für die Wettervorhersage, militärische Frühwarnsysteme und firmeninterne Postsysteme multinationaler Unternehmen. An die großen Informationssupermarkte für wissenschaftliche, technische und Wirtschaftsinformation, DIALOG und SDC, sind über Kommunikationsnetze an die 100.000 Benützer in aller Welt angeschlossen. Der Großteil der Daten, die über Staatsgrenzen fließen, dürfte nicht personenbezogen sein (Schätzungen zufolge sind nur 10% datenschutzrelevant).
Durch die Einführung von Bildschirmtext in zahlreichen Ländern wird diese Entwicklung um eine weitere Dimension erweitert. Dabei ergeben sich eine Reihe von Fragen, sowohl auf nationaler Ebene als auch im transnationalen Datenverkehr.

Bildschirmtext (abgekürzt Btx) kann definiert werden als öffentliches, technisches Informations- und Kommunikationssystem, in das durch jeden Teilnemer Informationen unter Angabe der möglichen Empfängergruppe eingegeben, bei Bedarf gespeichert und strukturiert und nach einer einheitlichen Zugriffsmethode auf gezielten Abruf durch den Empfänger übertragen werden. Die Übertragung erfolgt durch ein öffentliches Datennetz.

»Einrichtungen zur Übertragung von Zeichen, Bild und Schall mittels Elektrizität« sind in Österreich durch das Telegraphengesetz vom Jahre 1925 und die Rechtssprechung des Verfassungsgerichtshofes als Postmonopol definiert. Mit Bildschirmtext geht die Post allerdings einen wesentlichen Schritt weiter. Integraler Bestandteil dieses neuen Mediums ist eine zentrale Datenbank, die Informationen speichert. Der Betrieb einer solchen computerisierten Datenbank – gegenwärtig durch die Post durchgeführt – entspricht allerdings kaum der Definition des Telegraphengesetzes. Fraglich ist daher, ob Bildschirmtext unter das Fernmeldemonopol fällt oder nicht.

Bedenkt man, daß es zum Betrieb von Bildschirmtext erforderlich ist, daß Anbieter Daten in den Bildschirmtextcomputer einspeichern und Kunden diese Daten kaufen, ergeben sich Zusammenhänge mit dem Zivilrecht, dem Urheberrecht, Angelegenheiten des Gewerbes und der Industrie, dem Wettbewerbs- und Markenrecht, schließlich auch das Medienrecht – vom Datenschutzgesetz ganz abgesehen. Wie in diesem Buch schon mehrfach aufgezeigt, tangiert der Vormarsch der Computer zahlreiche Bereiche der Gesellschaft, in denen Gesetze gelten, die nicht auf elektronische Datenverarbeitung vorbereitet sind. Nochmals soll eine diesbezügliche Schlußfolgerung erwähnt werden, die uns bereits beschäftigt hat (siehe Seite 59): für die Zukunft scheint es unumgänglich, die vielfältigen, durch die Auswirkungen der EDV-Technik berührten Rechtsbereiche in einen Komplex »Informationsrecht« einzugliedern, der vom Grundgesetz her neu zu formulieren ist.

Um es gleich vorwegzunehmen: zum Zeitpunkt der Drucklegung dieses Buches gibt es in Österreich noch kein Bildschirmtextgesetz. Ich muß mich daher darauf beschränken, einige Probleme aufzuzeigen, die das neue Medium mit sich bringt. Zunächst einmal ist zweifellos zu erwarten, daß die meisten Informationsanbieter für den Abruf von Bildschirmtextseiten Geld verlangen werden. Wenn beispielsweise der Verleger eines Lexikons seine Datenbestände über Bildschirmtext anbietet, will er ja dafür bezahlt werden – schließlich könnte es passieren, daß manche Leute darauf verzichten, sich ein Lexikon zu kaufen, wenn sie dieselben Informationen (oder unter Umständen noch bessere, weil aktuellere) auch durch gezielten Abruf mittels Bildschirmtext haben können. Dadurch wird es aber notwendig, daß im Bildschirmtextcomputer der Post gespeichert wird, welche Informationen die einzelnen Benützer abgerufen haben. Diese Speicherung kann nicht vollkommen anonym sein, da sie ja Verrechnungszwekken dient. Daraus ergibt sich, daß es technisch möglich wird, Benützungsprofile zu erstellen: herauszufinden, daß der Btx-Kunde eine Vorliebe für Waffen hat, oder daß er sich für bestimmte politische Schriften interessiert. Die erste Forderung lautet daher, daß derartige Profile und Verknüpfungen durch gesetzliche und Sicherungsmaßnahmen verhindert werden.

Kontrovers ist weiters, ob Bildschirmtext auch die Möglichkeit bieten darf, eine bestimmte Leistung, etwa einen Staubsauger, der von einem Versandhändler angeboten wird, elektronisch zu bestellen und den dafür notwendigen Geldbetrag auch gleich vom Bankkonto abzubuchen. Damit könnte übrigens der Keim für zahlreiche Familienkonflikte gelegt werden, wenn etwa der Sprößling den Code für die Banküberweisung erspäht und dann, wenn die Eltern außer Haus sind, plötzlich munter darauf los bestellt. Möglicherweise läßt sich dieses Problem durch ein gesetzlich eingeräumtes Rückgaberecht entschärfen.

Fraglos wird aber die Computerkriminalität zunehmen: Bildschirmtext funtioniert über das öffentliche Telefonnetz, das heißt, jedermann kann, wenn er einen Telefonapparat und ein sogenanntes Modem besitzt, in den Datenverbund einsteigen. Daß sich Computerfreaks illegal (etwa durch Herumprobieren) die dafür notwendigen Schlüsselwörter (Codes) verschaffen, haben US-Teenager schon hundertfach vorgezeigt. Da von Bildschirmtext sicher verlangt wird, daß er »benützerfreundlich«, das heißt, einfach zu bedienen ist, sind den Sicherheitsvorkehrungen schon dadurch Grenzen gesetzt. Keine Frage daher, daß Bildschirmtext beliebtes Ziel für EDV-Eindringlinge mit und ohne krimineller Absicht sein wird.

Bildschirmtext ist überdies nur in der ersten Ausbaustufe ein nationales Medium; da sich die europäischen Postverwaltungen auf einen einheitlichen Standard geeinigt haben, ist ein europäischer Btx-Verbund nur mehr eine Frage der Zeit.

Flucht in Datenoasen?

Damit gewinnt auch das Problem des internationalen Datenverkehrs vermehrt Aktualität. Schon jetzt ist Datenschutzexperten völlig unklar, wie sie dieses Problem rechtlich in den Griff bekommen sollen. Das österreichische Datenschutzgesetz bindet den Austausch personenbezogener Daten über die Staatsgrenze hinweg zwar an eine Erlaubnis der Datenschutzkommission, doch ist klar, daß die Einhaltung dieser Bestimmung nicht auch nur annähernd kontrolliert werden kann (siehe Seite 52). Schon jetzt können Personendaten zwischen Homecomputern via Telefon mühelos ausgetauscht werden; niemand ist in der Lage, einen solchen Transfer nachträglich beweisend festzustellen. Kaum verwunderlich wäre es daher, wenn Datenverarbeiter, die in einem datenschutzgeregelten Land arbeiten, in sogenannte »Datenoasen« ausweichen, ähnlich den gegenwärtig florierenden Steuer- und Bankoasen. Auch die Datenschutzkommission scheint sich der Problematik des grenzüberschreitenden Datenverkehrs bewußt zu sein, stellt sie doch in ihrem zweiten Bericht an den Bundeskanzler fest, es sei zu bezweifeln, daß alle grenzüberschreitenden Datenverarbeitungen angemeldet wurden.
Schließlich stellt sich auch die Frage der Verwundbarkeit technischer Systeme: Je abhängiger der Einzelne und die Gesellschaft von technischer Infrastruktur ist, desto größer wird die Gefahr, daß Störungen auftreten, die massive Folgen haben können. Noch gut in Erinnerung dürfte sein, was mehrstündige Ausfälle der Elektrizitätsversorgung für das Leben einer Großstadt bewirken können ... Auch Datenverbundsysteme sind auf Stromversorgung angewiesen und daher von dieser Seite her verwundbar. Darüber hinaus wächst die Gefahr, daß Kriminelle Computerzentralen zur Zielscheibe zerstörerischer Angriffe wählen. Durch Computermanipulation sind darüber hinaus zahlreiche neue Mißbrauchs- und Störungsmöglichkeiten gegeben. Wir wollen auf diesen Aspekt der Computertechnik im nächsten Kapitel näher eingehen.

Informationstechnik in globaler Sicht

Die Satellitentechnik macht unsere Welt zu einem Dorf: Ein weltumspannendes Spinnennetz elektronischer Nachrichtenverbindungen ermöglicht es, daß Nachrichten in Sekundenschnelle über den gesamten Globus wandern. Das Informationszeitalter leitet, symbolhaft gesehen, auch eine Phase der Weltmodelle ein. Die Suche der Vereinten Nationen nach einer

Reform der internationalen Ordnung, Nord-Süd-Kommissionen und nicht zuletzt die Berichte des Club of Rome zeigen das wachsende Bewußtsein von einer Erde, die als Einheit gesehen werden muß – die Zukunft der Industrieländer kann nicht mehr betrachtet werden, ohne den Entwicklungen in den Ländern der Dritten Welt Aufmerksamkeit zu schenken, und die Probleme der Entwicklungsländer werfen ihre Schatten auch auf die industrialisierten Staaten. Dieses Thema hat auch für den Datenschutzgedanken Bedeutung, denn auch in den Ländern der Dritten Welt werden in zunehmendem Ausmaß EDV-Speicher mit Bürgerdaten errichtet und deren Inhalt übermittelt, auch ins Ausland – die folgenden Ausführungen sollen den technischen und wirtschaftlichen Hintergrund der Internationalisierung des Datenverkehrs allgemein aufzeigen. Daraus ergibt sich, daß der Transfer personenbezogener Daten in Zukunft aller Voraussicht nach eine Fülle neuer Probleme schaffen wird.

Im 19. Jahrhundert begannen die Arbeiter in Europa um ihre Rechte zu kämpfen. Die sozialistische Bewegung markierte das Ende des Feudalismus und den Beginn der Gewerkschaftsbewegung. Unter dem Banner des Sozialismus versuchte man, die Kluft zwischen arm und reich zu verringern. Ging es damals um soziale Unterschiede zwischen Bevölkerungsgruppen innerhalb einzelner Staaten, stehen heute die Konflikte zwischen armen und reichen Ländern stellvertretend für eine neue Variante im Streben nach sozialer Gerechtigkeit. Die Informationstechnik ändert nicht nur die Wirtschafts- und Gesellschaftsstruktur der Industriestaaten in grundlegendem Maße, sie ändert auch das Wettbewerbsverhältnis zwischen den industrialisierten Ländern, und zwar zwischen den Staaten, die mit der Entwicklung der Mikroelektronik Schritt halten können und denen, die den Zug versäumen. Ehemalige Imperien wie etwa Großbritannien können so zu Entwicklungsländer der Zukunft werden, während gegenwärtig unterentwickelte Länder wie Indien, China oder Brasilien möglicherweise den Sprung ins Informationszeitalter schaffen.

Um es gleich vorwegzunehmen: Die moderne Informations- und Kommunikationstechnik wird aller Voraussicht nach die Kluft zwischen armen und reichen Ländern weiter vertiefen. Die Beratungsfirma Diebold schätzt den Anteil der Vereinigten Staaten, Japans und Westeuropas am Weltbestand der Datenverarbeitungsgeräte wertmäßig auf ca. 80%. Einige westliche Großbanken verfügen zur Zeit über mehr Computerkapazität als ganz Indien. Die Entwicklungsländer machen nur etwa 10% des weltweiten Umsatzes an Fernmeldeeinrichtungen. Der globale Elektronikmarkt entspricht etwa dem Bruttonationalprodukt von Afrika. Ähnliches gilt für die Informationsversorgung: In den industrialisierten Staaten gibt es, gemessen an der Bevölkerungszahl, fast zwanzigmal mehr Fernsehgeräte pro Kopf der Bevölkerung als in den Ländern der Dritten Welt. Die Auflage an Tageszeitungen pro tausend Einwohner beträgt in den Industriestaaten 312, in den Entwicklungsländern dagegen nur 29. 83% der Weltproduktion entfallen auf die Industriestaaten (Lit. 74). Je stärker die Infrastruktur der Wirtschaft von der Elektronik abhängig wird, um so schärfer treten diese Mißverhältnisse zutage. Sofern die mikroelektronische Technik in der Dritten Welt überhaupt Einzug hält, kommt sie wenigen zugute: »Die Vielfalt der elektronischen Geräte und Produkte erreicht wahrscheinlich nur eine winzige Minderheit, nämlich die städtische Oberschicht und Teile der Mittelschicht. Die überwältigende Mehrheit der Bevölkerung kennt weder die Auswirkungen noch die Vorteile dieser Geräte. Während man sich in den Industriestaaten auf die Integration Tausender von Komponenten pro Chip zubewegt, hat in Afrika nur eine von achtzehn Personen ein Radio. Die Transistorrevolution, die vor fast dreißig Jahren die Entwicklung der heutigen Elektronik einleitete, hat dort noch nicht einmal angefangen« (Lit. 75).

An den Schalthebeln der Informationsmacht

Schon in der Vergangenheit spielte die Geopolitik des Informationstransfers eine entscheidende Rolle. Im Reich Alexanders des Großen und im Römischen Reich war ein gut funktionierendes Kommunikationssystem Rückgrat der Machterhaltung und Machtentfaltung. Auch der Kapitalismus der Kolonialzeit war zum guten Teil ein wohldurchdachtes Informationssystem. Die im 19. Jahrhundert entstehenden Kommunikationsnetzwerke wuchsen aus dem imperialen System hervor und waren gleichzeitig eine entscheidende Stütze für die Entwicklung des internationalen Kapitalismus. Dieselben Nationen, die den Transport von Gütern über die Kontinente hinweg kontrollierten, besaßen auch die ersten Netzwerke, um Informationen über Telex und Zeitungen in der Welt zu verbreiten. Europa und später auch Amerika waren und sind die Kommandozentren dieses informationellen Netzwerkes.

1835 baute der Franzose Charles Havas die erste Nachrichtenagentur auf. Zwei seiner Angestellten, Paul Julius Reuter und Bernhard Wolff, gründeten wenig später ähnliche Büros in Großbritannien und Deutschland. Heute bringen die vier größten Nachrichtenagenturen der Welt etwa 30 Millionen Worte pro Tag in Umlauf.

Die mit Abstand größten Büros sind Associated Press und United Press

International, beide in den Vereinigten Staaten beheimatet. Nahezu alles, was in den Massenmedien an internationalen Neuigkeiten verbreitet wird, ist zuvor durch das Filter der US-amerikanischen Presseagenturen gegangen. Nur eine Handvoll überregionaler Tageszeitungen kann sich heute noch ein internationales Netz von Korrespondenten leisten. Die Zeitungen der Entwicklungsländer sind weitgehend von den Nachrichten abhängig, die sie von den Agenturen der Weltmächte erhalten.

Wenn eine indische Zeitung über ein Ereignis in Brasilien berichtet, so ist diese mit an Sicherheit grenzender Wahrscheinlichkeit über eine britische, französische oder US-amerikanische Agentur gelaufen. Die Weltsicht und Beurteilungsweise der Westeuropäer und Nordamerikaner wird somit millionenfach in die Länder der Dritten Welt exportiert. Auch die Auswahl der Nachrichten spiegelt Positionen des Abendlandes wieder. Der Großteil der Meldungen beschäftigt sich mit Neuigkeiten aus den Industriestaaten. Die Entwicklungsländer kommen höchstens dann ins Bild, wenn über Katastrophen zu berichten ist oder über Skurrilitäten aller Art. Die ganze Welt unterliegt somit dem Sensationsjournalismus westlicher Prägung; daß die sowjetische Nachrichtenagentur TASS dieses Bild mit Politpropaganda bereichert, ändert die Aussage nur unwesentlich. Zwar versucht die Agentur Inter Press Service seit 1964, ein neues Konzept der Berichterstattung über die Länder der Dritten Welt zu verbreiten, und seit 1976 existiert ein sogenannter Non Aligned Newspool, der 85 Nationen umfaßt und die Belange der Entwicklungsländer stärker zur Geltung bringen will. Die Reichweite dieser Nachrichtenmedien ist jedoch begrenzt.

Die Analyse der geographischen Aufteilung des Einsatzes der Informationstechnik zeigt zweierlei: Zum einen verlagert sich die informationelle Dominanz, die bis zum Zweiten Weltkrieg in den Händen Westeuropas lag, in die Vereinigten Staaten. Zum anderen ermöglicht die moderne Informations- und Kommunikationstechnologie, diese Dominanz noch weiter auszubauen; nicht nur weil die weltgrößten Computerhersteller und Elektronikfirmen in den USA beheimatet sind – Amerika liefert auch seine Weltanschauung mit.

Die Kontrolle der Satellitentechnologie eröffnet den Vereinigten Staaten noch weitere, bisher ungeahnte Möglichkeiten (sie werden auch von der Sowjetunion bereits weidlich ausgenützt): Die Himmelsspione LANDSAT I bis IV beobachten Tag und Nacht jeden Fleck dieser Erde, sammeln Daten, prospektieren Bodenschätze und funken diese Informationen zu den Bodenstationen. Amerikanische Firmen können unter Berufung auf den »Freedom of Information Act« Zugang zu diesen Informationen bekommen; die Regierungen der beobachteten Länder haben kein Recht darauf. Wenn heute ein Staat, aus welchen Gründen auch immer, den Fund neuer Bodenschätze oder den Zustand seiner Ernte geheimhalten will, so werden diese Pläne von LANDSAT durchkreuzt.

Freier und ausgeglichener Informationsfluß?

Die Problematik des grenzüberschreitenden Datenflusses ist deshalb mittlerweile zu einem politisch heißen Thema geworden. Es war der finnische Staatspräsident Kekkonen, der im Mai 1973 mit einer flammenden Rede die Bewegung zur Schaffung einer neuen internationalen Informationsordnung in Gang setzte: »Weltweit gesehen ist der Informationsfluß zwischen den Staaten in einem großen Ausmaß eine Einbahnstraße«, so der Politiker (Lit. 76).

Ebenso wie im 19. Jahrhundert in Europa die Pressefreiheit erkämpft werden mußte, begann man nun nach »freiem und ausgeglichenem Fluß der Information« zu rufen. Ein Komitee der UNESCO unter dem Vorsitz von Sean McBride bewirkte, daß die Problematik fortan auch auf der Ebene der Vereinten Nationen diskutiert wurde. Im Jahre 1978 wurde anläßlich einer UNESCO-Konferenz eine Deklaration über die Massenmedien verabschiedet, die den schon erwähnten Slogan »free and balanced flow of information« zur UN-Doktrin erhoben. Über diese Phrase ist seither viel gesagt und geschrieben worden. Ihr auffallendstes Merkmal ist, daß sie in sich widersprüchlich ist: Wenn nämlich der internationale Datenfluß vollkommen frei ist, dann ist er, wie wir gesehen haben, keineswegs ausgeglichen. Will man vom heutigen Zustand zu einem ausgeglichenen Informationsfluß kommen, ist es offensichtlich notwendig, durch entsprechende Regulative diese Freiheit einzuschränken. Das Konzept setzt außerdem voraus, daß die Idee der Pressefreiheit auch in den Ländern der Dritten Welt Fuß faßt – eine Entwicklung, die zahlreiche Staaten der Dritten Welt um jeden Preis verhindern möchten. Die Diskussion zeigt aber, daß weltweit ein Bewußtseinbildungsprozeß eingesetzt hat. Er ist weder abgeschlossen, noch läßt sich gegenwärtig abschätzen, ob er in der Lage ist, der aktuellen, informationellen Dominanz des Westens Wirksames entgegenzusetzen.

Die EDV-Gauner

Peter Hauer (der tatsächliche Name lautet anders), als EDV-Techniker für die Linzer Zentralmolkerei beschäftigt, träumte vom großen Geld. Er programmierte den Milch-Computer so um, daß dieser Milchverkäufe »unterschlug«, falsch fakturierte und fingierte Eingänge auswies. Gemeinsam mit vier Kollegen ergaunerte er so 18 Millionen Schilling an »Rückvergütungen«.

Dieser vor kurzem aufgedeckte, bislang größte Fall von Computerkriminalität in Österreich, ist in zweifacher Hinsicht für die neueste Variante des Wirtschaftsverbrechens typisch: die Gauner sind nicht Firmenbosse oder leitende Angestellte, die durch Bestechung fette Aufträge einheimsen, sondern technisches Hilfspersonal; trotzdem sind die Schadensummen im Durchschnitt zehnmal höher als bei gewöhnlichen kriminellen Delikten. Auch der erste hierzulande aufgedeckte Fall von Computerverbrechen im Jahre 1973 brachte einer Buchhalterin 8 Millionen Schilling – und hätte noch viel mehr bringen können, wäre die EDV-Manipulation nicht durch Zufall aufgedeckt worden.

»Die Hälfte der Täter«, analysiert Dr. Heinrich Tintner, Leiter der Wirtschaftspolizei, der bisher aufgedeckten Fälle von Computerbetrug, »sind Frauen«. Sie verfügten über bemerkenswerte Fähigkeiten im Umgang mit der neuen Technologie, und das auch in kriminellen Belangen. Die Wiener Postbeamtin Angela Kosmacek benötigte nicht einmal besondere Kenntnisse: im Juni 1984 wurde bekannt, daß sie und einige Komplicen mittels gestohlener Führerscheine als Ausweisdokument Konten bei der Post eröffneten; die Beamtin, die am Computer arbeitete, buchte insgesamt rund 1,7 Millionen Schilling von der Bundesländerversicherung auf diese Konten. Der Betrug flog bloß deshalb auf, weil der Besitzer eines der gestohlenen Führerscheine durch Zufall von der Existenz des auf seinen Namen eingerichteten Kontos erfuhr und Anzeige erstattete.

Wieviel Geld per Computer veruntreut wird, ist unbekannt. Denn im Durchschnitt kommt man, so Ministerialrat Herbert Zima von der EDV-Zentrale des Innenministeriums, nur in jedem zehnten Fall dem EDV-Kriminellen auf die Spur. Schätzungen zufolge erreicht der Schaden, der in Österreich durch Manipulationen bei der elektronischen Datenverarbeitung (derzeit sind an die 60.000 Computer installiert) angerichtet wurde, mindestens 300 Millionen Schilling. In den USA rechnet man bereits mit mehr als 20 Milliarden Schilling pro Jahr.

Hohe Dunkelziffer

Nicht nur die hohe Dunkelziffer bereitet im Kampf gegen Computerkriminalität Kopfzerbrechen. Denn Fälle von Computerbetrug werden von den Geschädigten gewöhnlich gehütet wie das Bankgeheimnis. Geldgeschäfte seien Vertrauenssache, so argumentiert man; eine Veröffentlichung von Betrugsfällen könne sich deshalb geschäftsschädigend auswirken. Dr. Franz Bock, Direktor im Stabsbereich Informationssysteme bei IBM Österreich, ortet noch eine andere Ursache für die Geheimniskrämerei: »etwa 90 Prozent aller Fälle«, schätzt der Politikersohn, »können auf Fahrlässigkeit des EDV-Anwenders zurückgeführt werden«. Möglichkeiten gebe es genug, sich gegen Computerverbrecher abzusichern.

Fraglich ist allerdings, ob die Möglichkeit einer Datensicherung auch für eine spezielle Variante des EDV-Betrugs gilt, die sogenannte Software-Kriminalität: Schätzungen zufolge sind fast 1,5 Millionen illegale Kopien des erfolgreichen Textverarbeitungsprogramms »Wordstar« im Umlauf. Nach Recherchen der Düsseldorfer Computer-Firma Data Becker kommen auf eine verkaufte Programm-Kopie bereits zehn Raub-Kopien. Fachleute sind der Ansicht, daß es schwer oder gar nicht möglich ist, Software vor illegaler Verwertung zu schützen – ganz abgesehen davon, daß sich Staatsanwälte und Gerichte schwer tun, für die neuen Formen des Computerbetrugs die bestehenden Paragraphen der Gesetze anzuwenden.

Der Feind kommt von innen

Glaubt man den EDV-Experten, so ist es für Unternehmen mit einer zentralen Computeranlage relativ einfach, sich durch Zugangskontrollen gegen betriebsfremde Betrüger abzusichern. Der programmierkundige Angestellte im eigenen Haus dagegen sei die eigentliche Schwachstelle – von ihm wird verlangt, daß er sich im Computer auskennt; das bedeutet aber, daß ihm auch Sicherungsmaßnahmen etwa im Computerprogramm bekannt sind. Sogar das Electronic Fund Transfer System der USA, durch das Tag für Tag Dutzende Milliarden Schilling fließen, ist, so fand eine kürzlich veröffentlichte Studie des US-Justizministeriums (Lit. 77), nicht ausreichend sicher. Ähnliches dürfte auch für manche Bank-Computer gelten: 600 Milliarden US-Dollar wandern täglich, als Elektronen verkleidet, zwischen den Großbanken der Welt hin und her. So bedient SWIFT (Society for Worldwide Interbank Financial Telecommunications) von zwei Burroughs-Computerzentren in Belgien und Holland aus 750 Ban-

ken in 20 Ländern. Für die gigantischen Transaktionen genügt im wesentlichen ein Computerterminal und – die Kenntnis einiger Codewörter. Diese sind nicht nur den leitenden Angestellten der Kreditinstitute bekannt, sondern auch den Computerspezialisten, die die Programme für die elektronische Geldüberweisung erstellen und warten.
Mike Hansen, 32, Berater für Computersicherheit, besuchte eines Tages die Rechenzentrale einer US-Bank, für die er zuvor gearbeitet hatte. Während er mit seinen früheren Kollegen plauderte, die nichtsahnend an ihren Terminals werkten, gelang es ihm, die Codewörter für den elektronischen Geldtransfer von einem Bankkonto auf ein anderes und für die telephonische Ermächtigung zu einer solchen Überweisung zu erspähen. Zwei Stunden später betrat er eine Telephonzelle, meldete sich bei der für Überweisungen zuständigen Abteilung der Bank unter dem Vorwand, er sei Vizepräsident eines internationalen Unternehmens, und verwendete das Codewort, um die Überweisung von 140 Millionen Schilling auf das Konto von Russalmaz, dem Diamantenbüro der Sowjets bei der Wozchod Bank in Zürich zu veranlassen. Hansen hatte Pech. Die Kontonummer »seines« Unternehmens stimmte nicht. Hansen rief eine andere Abteilung an, gab die falsche Kontonummer an und – erhielt die korrekte. Nun meldete er sich nochmals im Überweisungsbüro und erreichte den Transfer der 140 Millionen in die Schweiz. Am nächsten Tag bestieg Mike Hansen ein Flugzeug Richtung Zürich. Er ersuchte den Diamantenverkäufer, ihm den Gegenwert der Summe in Edelsteinen auszuhändigen. Der aber bedauerte – er hatte nicht ausreichend Diamanten bei sich. Nach ein paar Tagen aber war es soweit: Hansen hielt 10 Kilo Diamanten in seinen Händen.
Hansen hatte sein Ziel erreicht: zu beweisen, daß das EFT- System Lükken hat und daß das perfekte Computerverbrechen möglich ist.
So perfekt Planung und Durchführung waren, Hansen hatte nicht genau überlegt, wie er fortfahren würde. Denn ursprünglich beabsichtigte er, die Diamanten an die US-Bank auszuhändigen, ihr damit die Systemfehler vor Augen zu führen und womöglich einen fetten Berater-Auftrag zu ergattern, um sie zu beseitigen. Der Computerexperte kehrte unbehelligt in die Vereinigten Staaten zurück und kontaktierte einen Rechtsanwalt. Oder sollte er nicht einfach verschwinden? Während Hansen zu überlegen begann, hatte der Anwalt allerdings schon das FBI verständigt. Dieses mußte feststellen, daß der Betrug bei der Bank noch gar nicht aufgefallen war. Wenig später wurde Hansen verhaftet.
Wer glaubt, Manipulationen an Geldcomputern erforderten besondere Fachkenntnisse, der irrt: die gesamten Abrechnungen der deutschen Her-

statt-Bank beispielsweise wurden über das Terminal eines Kleincomputers erfaßt und anschließend an die Rechnerzentrale übermittelt. Um Geschäfte mit Devisenspekulationen zu vertuschen, verhinderten Mitarbeiter der Bank bei vorgeblichen Buchungen die Weiterleitung der entsprechenden Daten, indem sie die am Terminal installierte »Abbruchtaste« drückten. So gelang es, dem Bankkunden eine ordnungsgemäße Bestätigung des Geschäfts auszuhändigen, ohne daß es buchungsmäßig erfaßt wurde. »Insgesamt sollen dabei«, berichtet Dr. Ulrich Sieber vom Institut für Kriminologie der Universität Freiburg, »Beträge von mehreren Milliarden US-Dollar nicht oder nicht ordnungsgemäß gebucht worden sein«.
Dabei war das Computerprogramm gar nicht so schlecht: es sah vor, daß in dem Moment, in dem die Abbruchtaste gedrückt wurde, der Drucker automatisch »Abbruch« schrieb. Die Angestellten der Bank nahmen jedoch das Formular nach »fertiger« Buchung, aber vor dem Betätigen der Abbruchtaste aus dem Drucker. »Abbruch« erschien so auf der leeren Walze.

Schweifende Rebellen

Nicht nur in der Computertechnik, sondern auch beim Erfinden neuer Varianten des EDV-Betrugs sind uns die USA um Jahre voraus. Dort macht zur Zeit eine neue Spielart der Datenmanipulation Furore – Urheber sind durchweg Halbwüchsige und Jugendliche, Vertreter der ersten Computergeneration. Talentierte Computer-Freaks – respektvoll, aber auch abwertend »Hacker« genannt (weil sie tage- und nächtelang manisch Befehle auf die Tastatur ihrer Terminals »hacken«) – treiben als schweifende Rebellen im US-Rechnerdschungel ihr Unwesen (allein an den Computerverbund TELENET sind 1.200 Computer und 150.000 Kunden angeschlossen). Dies mußte auch der Systemanalytiker Chen Chui vom Sloan-Kettering Krebszentrum in New York erfahren, als eines Morgens eine Meldung am zentralen Bildschirm einen Rechnerzusammenbruch signalisierte. Das Computerzentrum der Krebsforscher überwacht fünf Bestrahlungsgeräte, speichert Patientendaten und dient 80 Krankenhäusern landesweit als Basis zur Berechnung der Strahlendosis für Krebskranke. Chui begab sich auf Fehlersuche und entdeckte bald, daß irgendjemand die Buchhaltungsdatei gelöscht und bei der Gelegenheit ein halbes Dutzend Benützerkonten eröffnet hatte. »Besonders unangenehm war uns der Vorfall«, berichtet EDV-Direktor Radhe Mohan, »weil die Patienten falsche Strahlendosen erhalten würden, wenn jemand die Patientendatei ge-

ändert hätte«. Chui löschte die neuen Konten und änderte die Zugangscodes für privilegierte Benützer (ein solcher muß man sein, um derartige Systemänderungen herbeizuführen).Am nächsten Montag jedoch entdeckten die Mitarbeiter des Krebszentrums, daß »er« wieder da gewesen sei. Diesmal hatte der unbekannte Eindringling ein »Spionageprogramm« eingerichtet, daß die geheimen Codes der legitimen Benützer entlarvte. Die Techniker löschten das Programm und verständigten das FBI. In der Folge hinterließ man im Computer Meldungen an den Eindringling, die ihn informierten, er sei im Computer eines Spitals und möge seine EDV-Tricks einstellen. Der Unbekannte meldete sich, ohne seine Identität preiszugeben. Mohan: »er sagte, er wolle bloß spielen«. 10 Wochen benötigte das FBI, um des Täters habhaft zu werden: Gerald R. Wondra, 21, aus Wisconsin, ein typischer Hacker – nur mit einem Apple II bewaffnet, und Mitglied der mittlerweile berüchtigten »414-Bande« aus der Gegend von Milwaukee, deren Mitglieder unter anderem bereits im Los Alamos National Laboratory, in der Security Pacific Bank und einer kanadischen Zementfabrik, insgesamt bei 60 Computerzentren, telephonisch »eingebrochen« hatten. »Es war wie ein Gipfelsturm«, begeistert sich der 17-jährige Hacker Neal Patrick rückblickend, »wenn wir den Weg in einen Computer entdeckten und dann die »Wegweiser« dorthin austauschten« (Lit. 78). Die Filmemacher aus Hollywood rieben sich die Hände, denn die Publizität der 414-Bande aktualisierte den damals gerade angelaufenen Film »War Games«, in dem ein jugendlicher Hacker auf der Suche nach neuen Videospielen versehentlich im Rechner des Verteidigungsministeriums landet und im Glauben, ein neues Televergnügen zu erleben, die Kommando-Sequenz zur Atomkatastrophe auslöst.
Bemerkenswert am Phänomen »Hacker« ist nicht nur die Psyche der Täter, sondern auch die Reaktion der Medien und der Bevölkerung: die Wanderer durch die elektronischen Labyrinths der Welt werden nicht etwa vom Volk verurteilt – nein, man feiert sie als regelrechte Helden, so als ob sie froh über den vermeintlichen Beweis wären, daß immer noch Menschen den Computer »besiegen« können; Lob einer Untat gewissermaßen, weil dadurch die unterschwellige Angst vor der anonymen Macht »Computer« besänftigt wird.
Die Hacker andererseits sind durchweg keine typischen Verbrecher. Die einen, die sogenannten »tourists«, reisen friedlich durch fremde Dateien, ohne sich bewußt zu sein, daß sie dabei fremdes Eigentum betreten. Computercodes zu knacken, ist für sie Sport. Die anderen, »Crasher« (Zertrümmerer) genannt, vandalisieren Programme und Gedächtnisse von Rechnern. Ihre Motive wurden im »Computer Abuse Research Project«

des Stanford Research Institutes untersucht: viele von ihnen haben ursprünglich einen hochentwickelten moralischen Standard, erkennen aber in der Folge, daß sie von der Technik, die sie umgibt, gleich behandelt werden – ob sie nun »gut« sind oder nicht. Immer mehr Hacker wenden ihr Know-how gegen das System, frustriert durch die vergebliche Suche nach einem Job oder einem Studienplatz.
Die Tatsache, daß es überall auf der Welt möglich ist, mittels eines Computerterminal und einem Modem (Verbindung zwischen Computer und dem Telephonnetz) in die Abgründe des internationalen Rechnerverbunds unterzutauchen (in den USA wird bloß erstmals in großem Umfang bewiesen, wie einfach es ist), läßt die Frage nach dem Schutz der Privatsphäre in neuem Licht erscheinen. Denn es geht ja nicht nur um Kriminelle, die sich per EDV auf ihr Konto Millionen überweisen lassen, oder um Computer-Freaks, die harmlos in Rechenzentren herumgeistern. Tausende Computer in aller Welt speichern Milliarden von Daten über Personen, Daten, von denen die Betroffenen annehmen, sie seien vor unbefugtem Zugriff geschützt. Seit jeher wird mit Wissen auch Mißbrauch – Bereicherung, Schädigung oder Erpressung – begangen. Wenn der Zugang zu Dateien aber tatsächlich so leicht ist, wie die US-Hacker glauben machen, dann wird diesem Mißbrauch in Zukunft Tür und Tor geöffnet. Demnach dürfte es nur eine Frage der Zeit sein, bis dieses Problem auch in Österreich brandaktuell wird. Auch hierzulande gäbe es Betätigung genug für Hacker: die Fahndungsdateien der Polizei beispielsweise können von fast 500 Telexapparaten der Exekutive in ganz Österreich angezapft werden. Die Datenübermittlung läuft dabei durch das öffentliche Netz. Wer ein paar Informationen über die Sicherungen des Systems hat und lange genug herumspielt, könnte in Millionen Polizeidaten schnüffeln. Natürlich wird behauptet, das System sei »sicher«. Das glaubten auch die Verantwortlichen im US-Verteidigungsministerium – bis sie feststellen mußten, daß jugendliche Computer-Freaks Pentagon-Dateien angezapft hatten. Erst jetzt beginnt man über verstärkte Abschirmung nachzudenken.

Zielscheibe für Terroristen

Daß darüber hinaus Computerzentralen durch Sabotage verwundbar sind, ist spätestens bekannt, seitdem die Roten Brigaden Rechner von italienischen Filialen multinationaler Unternehmen zerstörten und französische Computerstürmer nächtens die EDV-Anlage von Honeywell-Bull irreversibel schädigten.

Extremistische Vereinigungen in der Bundesrepublik scheinen ebenfalls zunehmendes Interesse an Rechenzentren zu zeigen. Nach einem spektakulären Bombenanschlag auf das MAN-Rechenzentrum in Ginsheim im September 1983 wurden nach Aussagen der Sicherheitsbehörden inzwischen mehr als ein Dutzend weitere Anschläge auf Unternehmenscomputer verübt. Nach den Angriffen auf Nixdorf und Siemens gingen Bekennerschreiben einer terroristischen Frauengruppe »Rote Zora« ein. In anderen Fällen gaben Bombenleger an, wegen »zunehmender Verdatung des Bürgers« Angriffe vollzogen zu haben. Die französische Extremistengruppe »Clodo« formuliert es genauer: »Wir sind Datenverarbeiter, die in der Lage sind, die gegenwärtigen und zukünftigen Gefahren der Informatik und Telematik zu erkennen. Der Computer ist das bevorzugte Werkzeug der Herrschenden. Er dient der Ausbeutung, Erfassung, Kontrolle und Repression« (Lit. 79).

In Österreich gibt es erfreulicherweise verhältnismäßig wenig Saboteure. Dafür grassiert Schlamperei: anläßlich eines Wasserrohrgebrechens im Wien-Neubau entdeckte man durch Zufall, daß in der Computerzentrale der Gemeinde Wien im Keller des Amtsgebäudes nicht einmal eine Absaugvorrichtung für Wasser existierte. Um ein Haar wären Geräte und Daten im Wert von Milliarden ins Wasser gefallen.

Datensicherung, ein ungelöstes Problem

Aus alldem ergibt sich, daß es schwierig, wenn nicht unmöglich ist, sensible Datenbestände vor unbefugtem Zugriff oder Attacken von innen und außen zu schützen. Keine Frage, daß sich Computerkriminelle in steigendem Ausmaß an Daten vergreifen werden, die durch das Datenschutzgesetz vor ihnen geschützt sein sollten. Zwar schreibt dieses Gesetz Sicherungsmaßnahmen vor und wohl alle EDV-Techniker sind sich der enormen Probleme bewußt, die durch die Forderung nach Datensicherung aufgeworfen werden. Dennoch eröffnet die Gefahr illegalen Zugriffs auf sensible Personendaten eine neue Dimension der Datenschutzdiskussion: der Schutz der Privatsphäre ist in noch unbekanntem Ausmaß auch durch illegale EDV-Manipulationen bedroht – für mich ist sie ein weiteres Argument, vorweg zu behaupten, man dürfe Personendossiers nur dort errichten, wo es zweifelsfrei notwendig ist, das heißt, den Datenverkehr mit personenbezogenen Daten auf das erforderliche Minimum beschränken.

Bei dieser Gelegenheit soll auch nicht verabsäumt werden, auf eine weitere Mißbrauchsmöglichkeit hinzuweisen: die Kompliziertheit der EDV-Technik bringt es mit sich, daß die technische Einhaltung von Datenschutzbestimmungen in der Praxis so gut wie nicht kontrolliert werden kann. Wenn beispielsweise das Datenverarbeitungsregister über die Rechtmäßigkeit der Anmeldung einer Datenverarbeitung aufgrund vorgelegter schriftlicher Unterlagen entscheidet, so sagt dies noch nichts darüber aus, ob die Unterlagen korrekt sind: Eine ordnungsgemäß angemeldete Verarbeitung kann in Wirklichkeit ganz anders ablaufen und damit illegal sein. Tatsächlich vorgenommene, nicht erlaubte Verknüpfungen von Datenbeständen können ohne Risiko verschwiegen werden – nur bei sehr genauer Kenntnis des Systems könnten diese nachgewiesen werden. Das Datenschutzgesetz sieht aber keine Instanz vor, die solche Kontrollen vornehmen könnte.

Wenn es zutrifft, daß ein Gesetz nur so gut ist wie die Möglichkeit, seine Einhaltung zu kontrollieren und die Effizienz der tatsächlich stattfindenden Kontrollen, dann können wir daher, so fürchte ich, das Datenschutzgesetz getrost vergessen.

Epilog: Mensch und Maschine

Wir haben uns in diesem Buch ausführlich mit den Auswirkungen der Informationstechnik auf die Privatsphäre des Individuums beschäftigt. Es ist deutlich geworden, daß durch die beinahe schrankenlose Zunahme der Dossiers mit personenbezogenen Daten bei Behörden und Unternehmen eine Umverteilung der Informationsmacht zu ungunsten des einzelnen stattfindet. Weiters wurde versucht, klar zu machen, daß das österreichische Datenschutzgesetz bisher weder dieser Entwicklung Einhalt gebieten, noch unerwünschte Folgewirkungen derselben in ausreichendem Maße eindämmen konnte. Erschwerend kommt hinzu, daß das Gesetz in Theorie und Praxis in mannigfacher Hinsicht unzulänglich ist und insgesamt dem Anliegen des Schutzes der Privatsphäre mehr Schaden als Nutzen zugefügt hat.

Die Problematik des Schutzes personenbezogener Daten ist aber nur ein Ausdruck der Tatsache, daß immer mehr Daten EDV-mäßig verarbeitet werden, das heißt mit anderen Worten, daß immer mehr Arbeitsvorgänge, die bislang in menschlichen Gehirnen abliefen, in geänderter Form von Maschinen bewerkstelligt werden. Über die Fragen des Datenschutzgesetzes hinaus ergeben sich zahlreiche weitere Fragen, auf die in diesem Abschnitt ansatzweise eingegangen werden soll.

Während in der ersten industriellen Revolution menschliche und tierische Muskelkraft in zunehmendem Maße durch mechanische Maschinen ersetzt wurden, betrifft die gegenwärtig stattfindende mikroelektronische Revolution das menschliche Zentralnervensystem: Immer mehr Denkprozesse finden an Schnittstellen zwischen Mensch und Computer statt – der Rechner nimmt damit dem Gehirn nicht nur Arbeit ab, sondern beeinflußt, formt und bestimmt damit das menschliche Denken, insoweit es an diese Schnittstelle gerichtet ist, aber auch darüber hinaus. Die Interaktionen zwischen Mensch und Maschine bewirken mannigfache Änderungen des Verhaltens, sowohl des Individuums als auch des Kollektivs.

Sehen wir uns zunächst an, welche Auswirkungen die Beschäftigung mit Computern auf den Einzelmenschen hat. Wie schon an anderer Stelle ausgeführt, setzt die Informationsverarbeitung durch eine Rechenmaschine voraus, den Vorgang zu formalisieren, das heißt, einen Algorithmus zu finden, mittels dessen ein real gegebenes Problem in einer Maschine abgebildet wird. Die Computerlogik kennt dabei nur zwei Werte: ja oder nein, 0 oder 1. Ein Drittes würde dieses logische System sprengen. Die Eindeutigkeit, die dadurch gefordert wird, ist in natürlichen Sprachen nicht vorhanden und konnte erst mit der Schaffung künstlicher, sogenannter formaler Sprachen erreicht werden, eben den Computersprachen (wie BASIC, FORTRAN usw.). Der Elektronenrechner ist, so gesehen, die Verkörperung formaler Sprachen. Der Mensch hat damit einen Teil seiner Logik von sich abgespalten und ihm als Maschine eine selbständige Gestalt gegeben.

»Soweit wäre alles in Ordnung, im Prinzip nichts Neues. Die von der Maschine verkörperte Logik wurde vom Menschen benutzt, bevor es solche Maschinen gab, heute wird sie mittels Maschinen benutzt. Diese Entäußerung hat jedoch diesem Teil der menschlichen Logik eine ungeheure Macht verliehen. Sie konnte vervielfältigt und überall verbreitet werden. Sie wurde zu einem ökonomischen Faktor, konnte hergestellt und verkauft werden und wurde vor allem bedeutsam für Prozesse betrieblicher Rationalisierung. Dieser Teilbereich menschlichen Denkens dehnt sich somit zunehmend aus. Und damit verbunden bekommt er immer mehr Gewicht auf Kosten anderer Bereiche. Die vom Menschen abgespaltenen Fähigkeiten verselbständigen sich mit solcher Mächtigkeit, daß sie nun ihrerseits den Menschen zwingen, sich ihnen anzupassen, das heißt, sich in weiten Bereichen des menschlichen Lebens auf diese Denkweise zu reduzieren« (Lit. 80).

Der Mensch wird damit, ohne es bewußt wahrzunehmen, zum Sklaven der Technik, obwohl er doch angetreten war, diese zu beherrschen. Die Macht des Computers liegt dabei nicht so sehr darin, daß er die gleiche oder eine größere Datenverarbeitungskapazität als der Mensch besitzt, sondern in der massenhaften Anwendung von Computern, wodurch reduzierte menschliche Denkstrukturen vervielfältigt werden und auf diese Weise materielle Gewalt erhalten. Durch den Computer entsteht so eine künstliche Welt, die von den Absichten, Bedürfnissen und Zielen des Menschen losgelöst funktioniert. Diese Kunstwelt wird in der Folge der äußeren, realen Welt des Menschen aufgezwungen. Mit anderen Worten: Die Computerwirklichkeit wird unsere Wirklichkeit.

Der dadurch bedingte Verlust des umfassenden Mensch-Seins ist meiner Ansicht nach eines der ernsthaftesten Probleme unserer Epoche.

Die zunehmende Vernetzung von Mensch und Maschine in Arbeit und Freizeit hat aber noch andere Auswirkungen, vor allem auf die Kommunikationsbeziehungen zwischen Menschen. Psychologen bemerken bei Personen, die sich häufig und intensiv an Bildschirmen betätigen, das heißt, mit einer Rechenmaschine kommunizieren, autistische Verhaltensweisen. Autistische Personen, so charakterisiert die Psychiatrie, differenzieren nicht zwischen lebender und lebloser Materie, binden sich an leblose Objekte und haben keine Fähigkeit bzw. Bereitschaft, sich auf lebende Personen innerlich zu beziehen. Diese Wesenszüge sind, wenn auch in vielen Fällen nicht in extremer Ausprägung, auch für den »kybernetischen Menschen« charakteristisch. Auch die vielfach beschriebene »Kommunikationsisolation« ist in diesem Zusammenhang zu erwähnen.

Die zunehmend zerebrale Orientierung des Menschen – bedingt durch seine Einbindung in das System Mensch/Maschine – führt darüber hinaus zu einem Mangel an affektiver Reaktionsfähigkeit: Phantasie verkümmert, Gefühle sterben ab, Kreativität schwindet. Damit werden letzten Endes die Triebkräfte des kulturellen Lebens paralysiert.

Auch die im Autismus beobachtbare Neigung, sich an leblose Objekte zu binden, läßt sich am Maschinenmenschen des ausgehenden 20. Jahrhunderts beobachten. So stellt Erich Fromm in seiner Abhandlung über die Nekrophilie und ihre historischen Wandlungen fest, ein augenfälliges Merkmal des heutigen Industriemenschen sei darin zu sehen, daß im Brennpunkt seines Interesses nicht mehr Menschen, Natur und lebendige Strukturen stehen, sondern daß mechanische, nicht lebendige Kunstprodukte eine immer größere Anziehungskraft auf ihn ausüben. Überall in unserer industrialisierten Welt gebe es, so Fromm, Männer, die für ihren Wagen zärtlichere Gefühle und ein größeres Interesse hegen, als für ihre Frau. Sie sind stolz auf ihren Wagen; sie pflegen ihn; sie waschen ihn eigenhändig und in manchen Ländern geben viele ihrem Wagen einen Kosenamen. Ähnliches gilt für Musikfreunde, denen das Anhören von Musik nur ein Vorwand dafür ist, mit der Technik ihres Plattenspielers zu experimentieren. Das Anhören von Musik verwandelt sich so unversehens zur Manipulation technischer Aggregate.

«Entsprechend seiner nekrophilen Neigung kann der kybernetische Mensch seinen Körper nur mehr als Instrument wahrnehmen. Er verwandelt alles Leben in Dinge, einschließlich seiner selbst; die Sexualität wird zu einer technischen Fertigkeit und viel von der Liebe und Zärtlichkeit, die ein Mensch besitzt, wendet er seinen Maschinen zu« (Lit. 81).

Die Welt wird so zu einer Summe lebloser Kunstprodukte und der Mensch ein Bestandteil der Maschinerie, welche er zwar kontrolliert, die ihn aber gleichzeitig selbst kontrolliert.

Auffällig für den kybernetischen Menschen, so Fromm weiter, seien narzißtische und schizoide Eigenschaften, Selbstbezogenheit, sowie die Spaltung von Denken und Fühlen. Sein Narzißmus mache das eigene Ich, seinen Körper und seine Fähikeiten zum Objekt. Er wird so sehr Teil der Maschinenwelt, die er sich geschaffen hat, daß seine Maschinen ebenso sehr Gegenstand seines Narzißmus werden wie er selbst. Symbolisch gesehen, sagt Fromm, ist nicht mehr die Natur Mutter des Menschen, sondern die Maschinen sind es, die er sich konstruiert hat.

Dazu kommt, daß die Tätigkeit an der Mensch-Maschine-Schnittstelle in vieler Hinsicht routinemäßig, stereotyp und unspontan ist. Menschen, die ständig mit routinisierten Abläufen zu tun haben, werden aber selbst in gewisser Hinsicht routine- und automatenhaft. Rohrschach, der Schweizer Erfinder des nach ihm benannten projektiven Testverfahrens, diagnostizierte schon vor vielen Jahrzehnten bei langjährig Bediensteten einer bestimmten Organisation jene eigenartige Enge und Starrheit des Denkens, die er als »Dienstverblödung« bezeichnete.

Wie schon gesagt, Computerprogramme sind Algorithmen, das heißt: wenn gegebene, klar umrissene Bedingungen erfüllt sind, ist eine bestimmte Abfolge von Schritten zu vollziehen. Dieser Zwang zum Formalismus bedingt gleichzeitig die Starrheit der Kommunikation mit dem Computer. Nichts spricht dafür, daß uns der ständige Umgang mit solchen Programmen dazu veranlassen könnte, besonders ungewohnte und neuartige Wege des Denkens zu gehen oder eine besondere Kreativität zu entfalten. Die Argumente sprechen eher für das Gegenteil. Psychologen und Soziologen verweisen darauf, daß infolge dieser Entwicklung auch unsere sozialen Beziehungen immer stereotyper werden.

Kehren wir nochmals zur emotionalen Komponiente der Mensch-Rechner-Kommunikation zurück. Die Faszination und Anziehungskraft des Computers scheint eine geradezu libidinöse Bindung an den Apparat hervorzurufen. Dieser ist jedoch nicht nur einfach Partnerersatz: »Es steckt auch ein Stück Verehrung des perfekt Gemachten mit drin, verbunden mit einem Gefühl der eigenen Unvollkommenheit und Minderwertigkeit, das man, wie das bei Minderwertigkeitskomplexen so ist, überkompensiert: man will dem Ding zeigen, wer der Herrscher ist. Als Rennfahrer auf den Autobahnen ebenso, wie als »Hacker« (Lit. 82).

In der Maschine liebt der Techniker sich selbst ... Diese grauenhaft erscheinende Annäherung zwischen Mensch und Maschine erfolgt übrigens von zwei Seiten her. Zum einen werden Maschinen gebaut, die lebendige Prozesse simulieren. Menschliches Handlungsvermögen wird dabei als Maschine neu erschaffen. Zum anderen wird versucht, die Struktur des schon vorhandenen Lebendigen maschinell in den Griff zu bekommen, vor allem bei der sogenannten Gen-Manipulation (siehe auch die Retorten-Babies und geklonte Lebewesen). Die »Vitalisierung« der Maschine erleben wir bei den Androiden und Humunculi von Science-Fiction Autoren nicht erst seit kurzem – schon im 18. Jahrhundert wurden Androiden – menschenähnliche Maschinenwesen – zur Schau gestellt und galten als kaum faßbares Wunder der Technik. Joseph Weizenbaum demonstrierte mit seinem Sprachanalyseprogramm »ELIZA« in den sechziger Jahren, daß ein Computer ohne weiteres auf Menschen so wirken kann, als habe er menschliche Eigenschaften. Schon 1922 beschrieb Ernst Jünger »einen neuen Menschen«, eine Körpermaschine ohne Gefühlsballast: »... Stahlgestalten, deren Adlerblick geradeaus über schwirrenden Propellern die Wolken durchforscht, die, in das Motorengewirr der Tanks gezwängt, die Höllenfahrt durch brüllende Trichterfelder wagen, die tagelang, sicheren Tod voraus, in umzingelten, leichenumhäuften Nestern halb verschmachtet hinter glühenden Maschinengewehren hocken ... Wenn ich beobachte, wie sie geräuschlos Gassen in das Drahtverhau schneiden, Sturmstufen graben, Leuchtuhren vergleichen, nach den Gestirnen die Nordrichtung bestimmen, erstrahlt mir die Erkenntnis: Das ist der neue Mensch« (Lit. 83).

Die moderne Informationstechnik scheint nicht nur, so ist zu befürchten, in diesem Sinne einen »neuen Menschen« zu schaffen, sondern auch die Gesellschaft als Ganzes zu transformieren. Die Strukturen unserer immer interdependenter werdenden Welt gestalten sich zunehmend komplexer und undurchschaubarer. Der Computer ermöglicht und beschleunigt diese Entwicklung (siehe Seite 15). Eine, wie mir scheint, notwendige Folge dieser Entwicklung ist, daß dem Menschen die Entscheidungsfähigkeit zunehmend entgleitet. Niemand kann voraussagen, was im Falle großer technische Katastrophen passiert. Trotz aller Weltmodelle und statistischen Vorausberechnungen weiß niemand genau, wie wir den Gang der Dinge beeinflussen können, um solche Katastrophen zu verhindern. Wir müssen, so wird zwar gefordert, die Welt als Einheit begreifen und demgemäß handeln. Angesichts der Undurchschaubarkeit unserer heutigen Welt steht aber zu befürchten, daß wir uns dabei bestenfalls zu weltfremden Visionen aufraffen, die wir nicht mehr zu verwirklichen imstande sind.

Es wird schwierig sein, den oben aufgezeigten – wie ich meine – unerwünschten Auswirkungen der Informationstechnik zu entrinnen. Ich befürchte, Günther Anders hat recht, wenn er sagt, daß wird der Perfektion unserer Produkte nicht gewachsen sind; daß wir mehr herstellen als vorstellen und verantworten können; und daß wird glauben, das, was wir können, auch zu dürfen, nein: zu sollen, nein: zu müssen. Der technische Entwicklungsprozeß scheint sich beinahe mit naturgesetzlicher Gewalt seine Bahn zu brechen. Maschinen entstehen und entwickeln sich entsprechend einer ihnen innewohnenden Sachnotwendigkeit, gleichsam eigendynamisch. Der Mensch ist in die Situation des Zauberlehrlings geraten.

Technologie ist aber letztlich nichts anderes als die objektgewordene Widerspiegelung menschlicher Denkprozesse in die äußere Welt. So wie die Naturgesetze durch Abstraktion erzeugte Beschreibungen der Vorgänge in unserer Umwelt sind, stellen Maschinen Abbilder, eine Materialisierung dessen dar, was in den Köpfen der Techniker bereits vorhanden ist – Maschinen sind, so gesehen, materialisierte Projektionen von Wesensmerkmalen des Menschen.

Diese Entwicklung hat eigentlich bereits eingesetzt, als zu Beginn der Neuzeit Wissenschafter mittels kausal-deterministischer Ordnungsprinzipien die Gesetze der Mechanik formulierten. Damit untrennbar verbunden war ein Verzicht, jeweils die Fülle der Naturerscheinungen erfassen zu können – nur mehr in Quantitäten Meßbares hat Gültigkeit, und sogar im Bereich des Quantitativen müssen mehr oder minder weitreichende Näherungen in Kauf genommen werden. Wo Wissenschaft zugreift, sagt Erhart Kästner, ist immer geheimer Entzug der Dinge, wonach sie greift. Dieser Verzicht wurde hingenommen, eröffneten sich doch der Technik ungeahnte Entfaltungsmöglichkeiten – der Mensch wähnte, zum Beherrscher der Naturkräfte werden zu können.

Im Ausgang des 20. Jahrhunderts stehen wir neuerlich an einer Schwelle: Durch die Funktionsweise elektronischer Rechenmaschinen bedingt, erreicht die Abstraktion realer Vorgänge in der Form der aus 0 und 1 aufgebauten digitalen Logik einen neuen Höhepunkt. Wir sind auf bestem Wege, das Menschsein auf den Computermaßstab, auf 0 und 1 zu reduzieren.

So gesehen, ist nicht die Technik an sich das größte Problem unserer Zeit, sondern der Mensch, der sich der Technik bedient und nur zu leicht der Versuchung verfällt, durch Logik erzielte Abstraktionen mit der Wirklichkeit zu verwechseln. Wenn wir fortfahren, beinahe unsere gesamte Aufmerksamkeit unseren Schöpfungen, den Maschinen zu widmen, laufen wir Gefahr zu vergessen, daß Mensch-Sein mehr ist als das Erfinden, Bauen und Betätigen lebloser Objekte.

Literaturverzeichnis

Lit. 1 Kronen-Zeitung, 2.5.1984
Lit. 2 Kurier, 31.7.1984
Lit. 3 Parl. Anfrage Nr. 1236 vom 21.5.1981
Lit. 4 Kurier, 4.9.1980
Lit. 5 Kurier, 13.5.1980
Lit. 6 profil, 5.9.1983, S. 22
Lit. 7 J. HOFINGER (Hrsg.), Probleme des Datenschutzes in den Gemeinden, Kommunale Forschung in Österreich, Band 60 (1982), S. 29
Lit. 8 Der Spiegel, Nr.1, 1983, S. 19
Lit. 9 A. KING, in: Auf Gedeih und Verderb, Europaverlag 1982, S. 12
Lit. 10 K. LENK, in: Auf Gedeih und Verderb, Europaverlag 1982, S. 324
Lit. 11 siehe Lit. 10, S. 326
Lit. 12 G. ORWELL, 1984, Ullstein Verlag 1982, S. 51; D. STERNBERGER, Aus dem Wörterbuch des Unmenschen, München, 1970; W. DIECKMANN, Information oder Überredung. Zum Wortgebrauch der politischen Werbung seit der Französischen Revolution, Marburg, 1964
Lit. 13 H. SCHWENGER, Im Jahr des Großen Bruders, Piper 1983, S. 15
Lit. 14 siehe Lit. 13, S. 21
Lit. 15 siehe Lit. 7, S. 24
Lit. 16 B.-C. FUNK, pers. Mitt. vom 28.6.1984
Lit. 17 W. DOHR, in: F. ERMACORA et.al. (Hrsg.), Die Europäische Menschenrechtskonvention in der Rechtsprechung der Österreichischen Höchstgerichte, Braumüller, 1983, S. 387 ff.
Lit. 18 R. THOME, Datenschutz, Verlag Franz Vahlen, München, 1979, S. 4 f.
Lit. 19 siehe Seite 18, S. 5
Lit. 20 1.024 der Beilagen zu den Sten. Protok. des Nationalrates, XIV GP
Lit. 21 A. R. MILLER, Der Einbruch in die Privatsphäre, Luchterhand Verlag, 1973, S. 229
Lit. 22 zitiert nach Lit. 21, S. 248
Lit. 23 Zweiter Datenschutzbericht der Datenschutzkommission an den Bundeskanzler, S. 25

Lit. 24 H. P. BULL, Datenschutz oder Die Angst vor dem Computer, Piper 1984, S. 75
Lit. 25 BMI, Zl. 11018/1-St/IV/1983, siehe auch Zl. 8.059/5-LV/2/80
Lit. 26 F. ERMACORA, pers. Mitt. vom 12.6.1984
Lit. 27 siehe Lit. 21, S. 83ff
Lit. 28 siehe Lit. 24, S. 44
Lit. 29 siehe Lit. 24, S. 47
Lit. 30 G. J. PAWLIKOWSKY, Der Einfluß der Informationstechnik auf den Freiraum des Menschen, in: 7. Internationaler Kongreß Datenverarbeitung im europäischen Raum, ADV Wien, 1984, S. 530
Lit. 31 zitiert nach Lit. 24, S. 64
Lit. 32 Datenschutzgesetz, 565. Bundesgesetz vom 18. Oktober 1978 über den Schutz personenbezogener Daten
Lit. 33 W. BARFUSS, Erfahrungen mit dem Datenschutzgesetz; insbesondere dessen Auswirkungen auf private Unternehmungen, GesRZ 1982, S. 18 f.
Lit. 34 B.-C. FUNK, Das Datenschutzgesetz im System des öffentlichen Rechts, ZfV 5(6), 1980, S. 506
Lit. 35 siehe Lit. 26
Lit. 36 siehe Lit. 33, S. 20
Lit. 37 siehe Lit. 16
Lit. 38 zitiert nach: J. TAEGER (Hrsg.), Die Volkszählung, Rowohlt Taschenbuchverlag 1983, S. 92
Lit. 39 siehe Lit. 16
Lit. 40 siehe Lit. 33, S. 27
Lit. 41 siehe Lit. 33, S. 26
Lit. 42 siehe Lit. 34, S. 510
Lit. 43 siehe Lit. 33, S. 23
Lit. 44 V. PACKARD, Die wehrlose Gesellschaft, 1964
Lit. 45 H. FIEDLER, Vom Datenschutz zum Informationsrecht, Tagung Informationssysteme für die Achtzigerjahre, Johannes-Kepler-Universität Linz 1980, S. 672 ff.
Lit. 46 siehe Lit. 26
Lit. 47 Sten. Prot. z. Nationalrat XV GP, S. 4438
Lit. 48 B.-C. FUNK, P. PERNTHALER, Verfassungsfragen des land- und forstwirtschaftlichen Informationswesens, Schriftenreihe der Bundeskammer der gewerblichen Wirtschaft, Heft 45, 1982, S. 124
Lit. 49 Die Presse, 7.1.1984
Lit. 50 H. AMBROSI, Problem Nr. 1 bleibt die Akzeptanz, Kriminalistik 7, 1983, S. 377 ff.

Lit. 51 zitiert nach J. BÖLSCHE, Der Weg in den Überwachungsstaat, Rowohlt Taschenbuchverlag, 1979, S. 90
Lit. 52 Kurier, 21.6.1979, 28.11.1983
Lit. 53 siehe Lit. 34, S. 512
Lit. 54 Kleine Zeitung, 11.10.1983
Lit. 55 A. DUSCHANEK, Arbeitsverhältnis und Datenschutz, ZAS, 18(3), 1983, S. 83 ff.
Lit. 56 Wiener Zeitung, 13.8.1978
Lit. 57 zitiert nach ARGE DATEN (Hrsg.), Schöne Neue Computerwelt, Wien 1984, S. 84
Lit. 58 J. TAEGER (Hrsg.), Die Volkszählung, Rowohlt Taschenbuchverlag, 1983, S. 187
Lit. 59 siehe Lit. 24, S. 311
Lit. 60 siehe Lit. 58, S. 270
Lit. 61 siehe Lit. 58, S. 277
Lit. 62 NZZ, 5.7.1981
Lit. 63 siehe Lit. 58, S. 139
Lit. 64 siehe Lit. 58, S. 160 ff.
Lit. 65 R. OBERLIESEN, Information, Daten und Signale, Rowohlt Taschenbuchverlag, 1982, S. 234
Lit. 66 siehe Lit. 65, S. 243
Lit. 67 siehe Lit. 58, S. 32
Lit. 68 Symposium Wissenschaft und Datenschutz, Johannes-Kepler-Universität Linz, 1981, S. 8
Lit. 69 siehe Lit. 68, S. 9
Lit. 70 siehe Lit. 68, S. 27
Lit. 71 siehe Lit. 68, S. 41
Lit. 72 siehe Lit. 68, S. 79
Lit. 73 siehe Lit. 68, S. 81
Lit. 74 S. GERGELY, Mikroelektronik, Piper 1983, S. 244 ff.
Lit. 75 J. F. RADA, in: Auf Gedeih und Verderb, Europaverlag 1982, S. 227
Lit. 76 zitiert nach A. SMITH, The Geopolitics of Information, Oxford University Press, 1980, S. 57
Lit. 77 US-Dep. of Justice, Zahl NCJ-83736
Lit. 78 siehe Lit. 74, S. 269 ff.
Lit. 79 Computerwoche, 4.5.1984, S. 1f.
Lit. 80 A. BAMME et.al., Maschinen-Menschen, Mensch-Mascinen, Rowohlt Taschenbuchverlag 1983, S. 44
Lit. 81 siehe Lit. 80, S. 89

Lit. 82 W. VOLPERT, Computer und Denken: Machen wir uns selbst zu Maschinen?, in: 7. Internationaler Kongreß Datenverarbeitung im europäischen Raum, ADV Wien, 1984, S. 758
Lit. 83 siehe Lit. 80, S. 105

Register

Danksagung

Für die wohlwollende Unterstützung und zahlreiche Anregungen bei der Erstellung des Manuskripts zu diesem Buch danke ich Herrn Univ.Prof. Dr. Bernd-Christian Funk, Herrn Dr. Raoul F. Kneucker und Herrn Peter Michael Lingens. Meine Eltern und mein Bruder haben wertvolle Kommentare beigesteuert. Für die zum Teil aufwendigen Recherchen setzte sich Herr Alois M. Göschl in besonderem Maße ein. Er besorgte auch das Schreiben, Korrigieren und Redigieren des Textes. Ihnen allen bin ich für diese Hilfe sehr verbunden. Den Damen und Herren des Verlags und der Druckerei danke ich für die reibungslose Zusammenarbeit.

Der Verfasser.